旦那様が愛人を
連れていらしたので、
円満に離縁したいと思います。

abang

RB
レジーナ文庫

登場人物紹介
ジルベール・オーヴェル
オーヴェル王国の王太子でシャルロットの幼馴染。時に残酷な判断も下す自信家だが、シャルロットへの恋心だけは彼女を傷つける事を恐れて隠し続けてきた。
シャルロット・モンフォール
オーヴェル王国の公爵夫人。穏やかで優しく、かつては社交界の華と有名だったが現在は夫の偏愛により軟禁同然の生活となり、自信を失ってしまっている。

ノア・ハリソンフォード
シャルロット、ジルベール、エリザの幼馴染で、伯爵位を持つ。口数が少なく真面目で、過保護な一面がある。
エリザ・オーヴェル
オーヴェル王国の王女。ジルベールの妹で、シャルロットとは姉妹のように育った。勝気だが素直で優しい。
セレティア・レディシーア
レディシーア国の女王。セドリックを愛し執着し続けていた。残虐な趣味を持つという噂がある。
ラウラ
セドリックが恩人だと言って連れてきた彼の愛人。か弱そうなふりをしているが自己中心的で我儘。
セドリック・モンフォール
オーヴェル王国の公爵でシャルロットの夫。元は優しい性格だったが妻に対しては歪んだ考えを持っている。

目次

旦那様が愛人を連れていらしたので、
円満に離縁したいと思います。

シャルロットはかつて、同世代の令嬢達にとっては尊敬の対象であり、未婚の令息にとってはエスコートする栄誉にあずかれれば値千金《あたいせんきん》にも勝《まさ》ると思わせる存在だった。それはシャルロットが侯爵令嬢であるという以上に、彼女自身がその立場にふさわしい気品と慈悲深さ、意志の強さで有名だったからに他ならない。

オーヴェル王国の筆頭公爵家、モンフォール公爵家の夫人になって一年七ヶ月、もう立派な人妻だというのに、今日も舞踏会では隠しきれないほどの熱い視線と嫉妬の目が彼女に集まっている。

その視線を煩《わずら》わしく思う事もなく、かと言って舞い上がる事などない彼女の内心は至って落ち着いていた。

「シャルロット、我が妻ながら本当に美しいよ」

「ありがとうございます。貴方もとても素敵ですわセドリック様」

モンフォール公爵家の当主でありシャルロットの夫であるセドリックが、エスコートする手を少しだけ強く握り直してくる。

彼もまた、魅力に溢れた男性である。少しだけ癖のある、色素の薄い茶髪に、大人の色香を漂わせる深い緑色の瞳が印象的だ。ほんのわずかに垂れ目がちで優しげな目を縁《ふち》取《ど》る長いまつ毛は、俯《うつむ》くたびに影を落として色っぽい。

けれどもその瞳はどこか鋭く光り、シャルロットをうっとりした表情で見る子息達にシャルロットは自分のモノだと警告するようでもあった。

恋愛結婚ではなかったが、少し歳上の公爵より申し入れがあった時には、父も母も喜んでくれていたし何より彼はとても紳士的で、優しかった上に、シャルロットと同じ年齢の子息達よりも遥かに大人な立ち振る舞いをしていて好感を持った。

燃え上がるような恋ではないが、次第にシャルロットは彼を愛していったし、夫婦として落ち着いた関係を築けていると思っている。

多くの女性が彼の容姿に目を奪われ、シャルロットを嫉妬の視線で睨みつけた。

近頃シャルロットが社交界への露出を減らしているため、シャルロットがセドリックを独り占めしていると言う女性もいるが、彼女は元々侯爵家の娘であり、今は公爵夫人。結婚してから、社交会にあまり出ずに引きこもっている事に勝手な憶測や、陰口を言われる事はあっても、表立って嫌がらせなどはされた事はなかった。

それに、元々シャルロットの人柄を多くの人々が好いていた。

だからこそ、今宵の舞踏会でもシャルロットは間違いなく主役の一人だった。彼女はキラキラ光る暖かみのあるピンク色の髪をふわりと巻いて軽くまとめていて、軽やかに毛先が巻かれたおくれ毛がほどよく艶《つや》めいていた。彼女のピンク色の潤《うる》んでいるようにも見える宝石のような瞳と透き通る白い肌がその美貌を際立たせている。

婦人達がヒソヒソと「お似合いの二人だわ」「悔しいわ！」と噂する声が無遠慮に聞こえてきていた。

少し照れくさそうにセドリックをチラリと見ると、セドリックも少し目元を緩めてシャルロットを見つめて微笑んだ。

周囲が思わず妬《ねた》み、そしてその嫉妬すら打ち消してしまうほど仲睦まじい、まさに理想の夫婦。そのように持て囃《はや》されるシャルロットではあるが、実はひとつ、悩みの種があった。「公爵夫人となったのだから、煩《わずら》わしい社交は最低限でいい。邸《やしき》の外の事は私に全て任せて、奥向きの事に力を入れてくれ」と夫に頼まれ外出を減らした結果、令嬢時代に比べて格段に、社交界の動向に疎《うと》くなってしまったのだ。

今夜も、人々の噂話の端々に聞こえる『鳥籠《とりかご》の夫人』とは誰の事なのか、近頃あまり外に出ていなかったシャルロットには分からず、世間からの遅れを感じた。

(社交界の流れに疎《うと》いなんて、私は、公爵夫人失格ね……)

シャルロットは日に日に自信を失ってしまっていた。

もちろん、この状況がシャルロットの不出来《ふでき》によるものであるはずがなく、セドリックが彼女の行動を制限した事による当然の結果である。元凶であるセドリックはとある偏《かたよ》った思考により、内心ではシャルロットを人目につかぬところに閉じ込めてしまいたいとすら思っていた。若くして嫁いだが故に夫の指示が貴族社会における既婚女性に求められる平均的なものだと思い込み、それを知る由《よし》もないシャルロットは不安を感じていた。

(社交は貴族女性の仕事でもあるのに……)

「シャルロット、大丈夫?」

「ええ、なんでもありません」

王族は本日不参加によりファーストダンスは筆頭公爵家が務める。その堂々とした姿に皆は美しいと見惚れた。

「でも……セドリック様って……」

「あぁ最近…… 市井《しせい》で……らしいぞ」

気にしないと言っても、嫌な話ほど耳に入るもので何かセドリックについてよからぬ雰囲気で話す声を耳が捉える。

「シャルロット、どうかしたかい？」

「いいえ」

彼には聞こえていないのだろうか？

セドリックは優しい微笑みでシャルロットを窺《うかが》うような、気遣うような様子を見せた後に、心底愛おしそうに見つめて愛を囁いた。

「愛してるよ、シャルロット」

シャルロットはヒソヒソと噂話をする人達の声が気になったが、こんなにも愛を伝えてくれる夫に限って間違いはないだろうと、嫌な予感を頭の外へ追いやった。

だが、その数日後……そのようなシャルロットの考えを見事に打ち砕くように嵐はやってくるのだった。

◇　◇　◇

「奥様ッ!!」

侯爵家から一緒に来た侍女で、シャルロットの乳母姉《ちきょうだい》であるジーナが焦ったように声を荒らげた。いつもは礼儀正しく落ち着いた女性である彼女が、無作法に走ってきて断りもなしに扉を開けるなど、前代未聞だ。

「あら、ジーナ血相を変えてどうしたの？」

余程の事が起きたのだろうと、少し身構えてジーナを見ると、真っ青な顔で、「旦那様が女性を連れて帰られました」と言った。

「お客様かしら？」

「いえ、ひどく汚れておられて、身寄りのない平民の方だとおっしゃられて……ッ、奥様のメイドに入浴の手伝いまでさせております！」

シャルロットは一瞬、心臓を握られたような感覚に、冷や汗が出た。

公爵夫人の住まう邸《やしき》に了承を得ずに入り込み、夫人の身の回りの世話をするメイドを勝手に借りて入浴するなど、貴族がやれば即座に家同士の問題に発展するほどの無礼な事だ。そんな事はあってはならないし、ましてや夫と二人きりで帰ってきて、説明もしないままに入浴中です、なんて無礼な扱いを他の女性から受けるとは想像した事すらなく、シャルロットには何が起きているのか分からなかった。平静を取り戻すまで数秒の時間を要した後、どうにか自身を落ち着かせ、ジーナに尋ねる。

「旦那様は」

「……旦那様がお許しになったようです」

「……そう、なら何も言う事はないわ」

そんなわけはなかった。内心戸惑い、シャルロットの心中は穏やかとは言いがたかったし、あまりにも無礼な扱いに憤《いきどお》りも覚えていた。だが、セドリックを信じる事にしたのだ。

「ですが……っ」

「何かご事情があるのかもしれないのだし、とにかく行ってみましょう」

(旦那様はお優しいから、きっと考えがおありよね)

はしたなくない程度に急いでセドリックの元へと行くと、夫婦しか使用しないはずの豪華な浴室の脱衣所で、バスタオルを巻いた綺麗というより可愛らしい美女と至近距離で何やら話している夫がいた。

(お客様とはいえ、あんな格好のまま話すかしら?)

二人の甘くも感じる雰囲気にドキリとしながらも歩み寄る。シャルロットに気づいたセドリックがいつもと変わらぬ様子で彼女に声をかけてきた。

「ああ！　シャル！　急ですまないね」

「いえ、お客様がいらしたと……」

「そうなんだ！　彼女は街で私が騙されそうになったところを知らせてくれた恩人でね、お礼がしたいので名前と家を聞くと、身寄りがないというので連れてきたんだ」

朗《ほが》らかな表情にも声音《こわね》にも、隠し事や嘘を言っている人間特有の罪悪感らしい色はない。少しだけホッとしたシャルロットが彼女にチラリと目を向けると、彼女の細い腰に添えられた夫の手と、彼女の少しはだけた胸元に咲いた紅《あか》い華がチラリと見えて、今度は身体の芯から冷えるような感覚に陥《おちい》った。

「そうですか、どうやら親密に見えますが……」

「そ、そんな事ないです！　あの……奥様……、私行く宛がなくって、公爵様に呼んでいただいただけですっ」

決して声を荒らげたり目を吊り上げて言ったわけではなく、どちらかというとゆっくりと瞬《まばた》きをして眉尻を下げたシャルロットは悲しげにも見えただろう。しかしその言葉に過剰なほどに怯え、弱々しく言った彼女の仕草にまるでシャルロットが虐《いじ》めているかのような雰囲気が漂う。

そんな雰囲気に少しだけ眉をひそめて、セドリックがシャルロットを責めるように見る。

（まるで、私が悪いかのようね……）

「……そうですか、それではご滞在はどのくらいでしょう？　旦那様の恩人です、最高のおもてなしを致しましょう」

綺麗に微笑んで言うと、オロオロと視線を彷徨《さまよ》わせた後、彼女はチラリとセドリックを見た。

「彼女は身寄りがないんだ。シャル、離れに置いてあげてくれないか？」

「あ、あの旦那様は何度も通って下さって……それで……つい、勘違いしてしまったようですね……、お邪魔なら帰ります……」

「いや、いいんだ。……ねぇ、シャル？」

言葉の意味を理解すると使用人達は先程から青い顔を更に青くさせ、侍女長は今にも倒れそうな様子である。

シャルロットは怒りと悲しみとで、複雑な心境であった。

彼は穏やかに悪意のない表情で言っているものの、それはつまり愛人を邸《やしき》に入れると言う事であった。

（明らかに何かあった二人よね……セドリック様がこんな仕打ちをなさるなんて……何か意図が……？）

「ええ、では私の寝衣《しんい》をお貸ししましょう」

　ここで癇癪を起こしては余計にセドリックの反感を買うだろうと、公爵夫人としてのプライドで辛うじて憤《いきどお》りを抑え込む。セドリックが思わず生唾《なまつば》を飲むほどの、恐ろしいほどに美しい笑みでそう言うと、「えっと……」と遠回しに彼女の紹介を促した。

「あ、そうだったね！　すまない、彼女はラウラと言うんだ」

「……ラウラです、その、孤児なので苗字はありません……っ」

　苗字がない事が恥ずかしいのか、身体を縮こまらせておずおずと自己紹介したラウラを、セドリックは眉尻を下げて慈しむように見て軽く抱き寄せた。

　セドリックの行動に、使用人達は、顔にこそ出さないものの怒りを含めた雰囲気を纏う。しかし、セドリックは気にした様子はなく、「皆も宜しく頼む」と執事に何やら指示をしながら、すっきりとした笑顔でラウラを連れて別邸へと歩いていった。

「奥様……」

　執事長のセバスチャンは心配そうにシャルロットを見て、何故か彼が申し訳なさそうにした。

「セバスチャン、いいの。貴方のせいじゃないわ」

「……旦那様が幼い頃よりお仕えしておりますが、本日ほど旦那様の真意を測りかねた事はございません。私の知る限り、旦那様は、奥様をとても大切に思っておられます」

「そう……」

(だったら、こんな無礼な事はしないはずよ)

シャルロットは悲しそうに視線を落としたが、公爵夫人としての立場を思い出し、すぐに笑顔に戻って、使用人達に微笑みかけた。

(私が不安げだと皆も不安になるわ。しっかりしなきゃ)

「皆、突然の事で世話をかけるわね。旦那様にはきっとお考えがあるのよ。私の事は心配しないで、お客様をもてなして差し上げて」

「はい」

セドリックは確かに、十八歳とまだ若いシャルロットを大切にしてくれていたし彼は二十六歳と少し歳が離れているので、とても気を遣ってくれていた。

初夜に至っては、気持ちがついてきてからでいいと、ただキスをして添い寝しただけであった。

そんなセドリックへの愛が日に日に育っていくシャルロットがどんなにセドリックに「夫婦の営みに励んでも良い」と言っても彼はまだ彼女の純潔を大切にとっている。

(セドリック様は大切にしてくれているけれど……もしかしたら裕福な侯爵家との縁が

必要だっただけなのかもしれないわ……）

　この状況になって初めて、夫からの愛に対する疑いを抱いたシャルロットだが、真実は、より残酷で自己中心的なものだった。セドリックは、シャルロットへの異常なまでの理想と執着から、完璧にシャルロットが孤立し、『セドリックのためだけに生きる美しいシャルロット』として育つまでは手を出さないつもりだったのだ。シャルロットの社交界での活躍の機会を奪ってまで、彼女の視野を狭めて自身だけを見るように仕向けて、いわば妻ではなく美しい宝石や人形への『愛情』を向けているのだから、セドリックが妻に対する罪悪感など覚えるはずがない。しかし、それに関しては誰も知る由《よし》もなく、もちろんシャルロットは、少なくとも結婚初期の彼の振る舞いは、セドリックの優しさだと信じていた。

　連れ立って別邸へ向かう二人の姿を思い返す。ラウラと呼ばれた美女は幼く見える顔に反して、しなやかで出るところの出た女性の魅力に溢れたスタイルだった。

（セドリック様は私のような子供には興味はないのかもしれない）

　マイナスにばかり考えてしまう自分の考えを軽く振り払って、長い廊下をジーナと侍女長とゆっくり歩き自室へと戻った。

シャルロットは気づいていないが、セドリックとシャルロットの関係性は些《いささ》か通常の夫婦とは異なっていた。

この国で成人として認められる年齢になるとすぐに娶《めと》られたシャルロットは、妻としての振る舞いを皆がどうしているのかという知識が少なく、自らの母親に比べると、どこか違うなという違和感を抱きながらも全て、少し歳上のセドリックの言う通りにしていた。

そんなシャルロットを見ている侍女長や執事長は、特にシャルロットとの年齢差が大きい事もあってか、仕える相手でありながら歳の離れた娘でも出来たかのように思っており、シャルロットがこのままどんどんモンフォール公爵邸へと閉じ込められていくのではないかと危惧《きぐ》していた。

まず、シャルロットの外出に自由はなくセドリックの許可の出た場所にだけ一人に対しては多すぎる付添人と外出出来る。

邸宅内でも常にセドリックの手の者に見張られており、フォックス侯爵邸から一緒に来た使用人達も薄々セドリックの偏愛に気づいているのか訝《いぶか》しげであった。

侍女やメイド達は、主人に対してこのような事を思ってはいけないが、気色悪いと思う事すらあった。

それには理由があり、セドリックは、身の回りの世話をする侍女やメイドに毎日シャルロットは朝から何を食べて、飲んだのか、誰と会って何を話したのか、どんな下着をつけて、何の香を使ったのか、事細かに確認しているのだ。

これらはまだ序の口、あくまで邸《やしき》の過半数が偏愛現場を確認しているもののみであり、噂の真偽が定《さだ》かではないものに至っては、枚挙にいとまがない。侍女やメイドが噂するのは、例えばこのような内容だ。

「シャルロット様は入った事のないモンフォール家の領地の邸《やしき》の奥の部屋には、彼女の肖像画や新聞のゴシップ系の記事の切り抜き、使用済みの彼女の私物までもが展示されていた。もちろん厳重に鍵がかかっており、シャルロット様にはずっと隠しておくつもりなのだろう」

「セドリック様は、彼女の友人であっても簡単には会わせてやらなかった」

「宝石商や、デザイナー、全て女性で揃えた。その上、雑談をしないよう、特に社交界の動向は一切シャルロット様のお耳に入れないよう言い含めていた」

そして、フォックス家からついてきた侍女と、シャルロットだけが知らない事実があった……

それは、セドリックはシャルロットが乙女である事こそ彼女の価値を高めているのだ

柔らかな口調と優しい態度、いつもシャルロットは言った。「大切にしてくれている」と信じていたのだ。

も一見そう見えただろう。

だがそれはひどい束縛であるとは誰も言う事が出来なかった。いつだってシャルロットはセドリックを「優しい人」だと言ったし、「ただの心配性」だと許したからである。

確かにセドリックは表面上、優しく取り繕《つくろ》ってはいるが、彼の目的はシャルロットが彼なしでは生きていけないような状態になるまでは手を出さずに、彼の思う一番価値の高い状態で側に置いておく事だと邸《やしき》の者なら全員が知っていた。

シャルロットがそれを単純に優しい夫だと捉えるのは無知故の誤ちであったが、この家でそれを指摘出来る身分の者はセドリックしかいなかった。

使用人の中には、いっその事、乳母姉《ちきょうだい》だという侍女のジーナに全て話してしまおうかと考える者もいたが、セドリックの不興を買えば何らかの処罰を受ける事は火を見るよりも明らかであり、特にシャルロットの事となれば尚更であった。最悪公爵家を追い出され今後の雇い先も儘ならない状況にもなりかねないと思えば、後先考えずに行動出来るほどの勇気は誰にもなかったのだ。

とはいえ、自らはだんだんと妻の世界を狭めて、思うがままにするために閉じ込めているというのに、その空間に愛人を連れ込むというのはどうしたものか、と、どの使用人も思わずにいられない。これまでは、新妻を手に入れた嬉しさで独占欲が行きすぎているだけだろうと苦々しく思いつつも一定の理解を示していた者もいたが、シャルロットをそれほどまでに愛しているというのに、市井《しせい》から愛人を堂々と連れて帰ってくるなんて、と流石に擁護出来ずにいた。

また、弱々しく見えるラウラと呼ばれた女性が、離れへと案内される際にニヤリと緩ませた口元は、不気味で仕方がなかった。

夜に、セドリックがラウラの滞在する離れに入ったきり朝方まで出てこなかったのはすぐに邸《やしき》中の噂となり、堂々と関係を匂わせるラウラに使用人達は朝からあからさまな嫌悪を向ける事となる。

だが、気にする様子も恥じらう素振りもなくラウラは何故かとても広いテーブルなのにセドリックの隣にピタリと引っ付くように座った。そしてシャルロットを待たずに食事を始めた二人の姿を見て執事長は慌てて部屋を出て、扉の前でシャルロットを待つ。

「私達に出来る事は多くないが、せめてシャルロット様があの光景を見て受けるご心痛が少しでも軽くなるよう、御心の準備だけでも」

二人で仲睦まじく食事をする姿はまるで夫婦のようで、その異常な光景を振り切るようにシャルロットの事を案じ、彼女が現れるまでその場に立ち続けたのだった。

一方、せめて寝る時くらいはセドリックもいつものように自分の部屋に帰ってきてくれるだろうと、部屋で待ち続けるうちにソファで眠ってしまっていたシャルロットは、何故かベッドで目を覚ました。夫が運んでくれたのだろうかと淡い期待を抱いて周囲を見回してみても、昨晩はどうやら寝室に来なかったようで、いつもは、朝起きると隣で眠っているはずの彼の姿が見えない。普段通り控えているジーナの態度を見る限り、彼女か彼女の指示で身の回りの世話をする侍女の誰かがベッドまで運んでくれたのだろう。

「奥様、おはようございます」

「おはよう、ジーナ。昨晩は……」

（セドリック様は、彼女といたのかしら……）

「朝方に旦那様が来られましたが、お眠りになっているのを伝えると自室へ戻られました」

シャルロットを気遣うために別々にしようと結婚当時の彼が優しく言っていたこの寝室も、今こうなっては夫婦のすれ違いを増やすものとなった。

「そう、では……支度をお願いします」

「はい、奥様。今日のドレスはどう致しましょう？」

シャルロットはふと、思い出した。

「セドリック様が好きだと言って下さった、赤を着ます……」

少し照れながら言うシャルロットに、ジーナやメイド達はきゅんと胸を鳴らした。

（奥様、なんていじらしいのっ！）

（こんなにお美しい奥様なのに、旦那様はどうして不安にさせるのかしら……）

（これからはより一層美しく、仕上げて差し上げます！）

支度を終え、侍女や、メイド達なりの気遣いなのかいつもより少し気合の入った出来栄えにシャルロットは心がじわりと温まった。

「ありがとう、皆。……では参りましょう」

食堂へ行くと執事長が扉の前で待っており、気まずそうに「旦那様とお客様は先にお待ちです」と言った。

「そう……、ありがとう」

気遣うような視線を送る執事に「大丈夫」だと伝えてから、少し寂しそうに微笑んで、食堂に足を踏み入れた。シャルロットが入ってきた事に気づいていないのか、こちらを向く事もなくお互い見つめ合いながら話す二人がいる。

「やだぁ、旦那様ったら～！」

「ははっ、ラウラは可愛くてついからかってしまうよ」

大きなテーブルにまるで、仲睦まじいカップルのように隣同士で座って微笑み合う二人。正妻であるにもかかわらず、セドリックから見てラウラより遠い位置となる向かい側に用意された自分の席に違和感を覚えつつ、席に着く。

（夫婦が食事をする距離よりも近いわね……）

「……。おはようございます、旦那様、ラウラさん」

「ああ！　おはよう、シャル。今日も美しいよ。……ドレスよく似合っているね、愛する妻がこんなに美しいなんて、私は幸せ者だね」

セドリックが目を細めて、至極愛おしげにシャルロットを見つめる。シャルロットは期待していなかった褒め言葉と視線に、頬を染めて恥ずかしげにした。

「そんな……、私こそ幸せ者ですわ」

「ほんとですね!!　奥様はとてもお美しいですっ！」

見つめ合い、歯痒《はがゆ》くも甘くぶつかる夫婦の視線を大きな声でぶち破ったのはラウラのシャルロットを褒める声であった。

「あ、あぁ」

「あ、ありがとう」

「それに比べて……せっかくいただいたドレスですが……私では全然ダメですね……」

きちんと磨かれた彼女は、一層可愛らしく、艶《つや》やかな長い黒髪は整えられ、緩い癖毛がふわりと柔らかさを演出していた。

彼女の青いドレスは、どうやら公爵家から贈られたものらしく、大胆に開いた胸元は一体誰の趣味なのかと、チラリと夫を見る。

「あぁ、もちろんラウラも美しいよ。私の好きな青のドレスだ」

「そんなぁ!!　奥様には敵いませんよ……」

「だが、引けを取らないよ」

二人の何気ない会話に、シャルロットは愕然《がくぜん》とした。

彼は確かに赤が好きだったはずだ。

『シャルは私の好きな赤がよく似合う』

そう言って彼はよく赤いドレスを贈ってくれた。

それなのに、彼は今なんと言った?

目の前で頬を染めて、機嫌を取るようにラウラを褒める夫。

セドリック自らも好きでいつも身につけている赤色。誰が見てもセドリックを思い浮かべてしまうほどにシャルロットへと贈られたものは赤色のものが多かったし、身につけるたびにとても褒めてくれた。

なのでシャルロットには単純に色の好みが変わったのだと捉《とら》える事はとても出来なかった。

今まできちんと聞き取れず悪意だけを受け取っていた噂、違和感は覚えていたものの彼の愛情の裏返しなのだろうと受け取っていた制限、一年半以上の結婚生活で降り積もっていた全てが押し寄せてくる。その後シャルロットの胸中に生まれたのは、ひどく冷静な結論だ。それは幸か不幸か、自己肯定感が下がった事で忘れかけていた、かつての侯爵令嬢としての矜持が戻ってきた瞬間でもあった。

（きっと心変わりされたのね……それなら……）

シャルロットは何か決心したような目をして、セドリックに微笑みかけた。

セドリックは、一瞬軽く目を見開き何かを感じ取ったように焦ってラウラから視線をシャルロットに戻して取り繕《つくろ》うように笑顔を作った。

「……っ、どうしたの、シャル？」

「いいえ、素敵な女性だと思っただけです」

「そっそんなぁ！　奥様ったらとてもお優しいのですね！」

「……そうか。彼女は二十歳になったばかりらしい。二人とも、歳も近いし仲良くしてくれれば嬉しいよ」

（何を勝手な……いいわ。それなら円満に離婚して領地に戻ってゆったりと生きるのよ）

シャルロットはこのままだと近いうちに自分が邪魔になるだろうと思い、身を引く事を決心した。

去り際も美しくという侯爵令嬢としてのプライドと彼らに対する怒りからでもあった。

泣いて縋《すが》るのだけは嫌なので、せめて堂々としていよう。そう決心してから微笑む。

（幸い、泣いて縋《すが》るほどにのめり込んでいない……まだ引き返せるわ）

「ラウラさん、慣れない場所で何かとご不便でしょう、何かあれば遠慮なく聞いて下さいね。旦那様……本日は私用の来客がございまして……準備があるのでお先に失礼致します」

「そう……、お客様はどなたかな？」

まさか男かと自分を棚に上げて疑うセドリックが少しだけ目を鋭くして、セドリックが尋ねるとシャルロットは動じる事なく答える。

「はい。昨日、手紙が届いて、エリザ様がいらっしゃると……」

「王女殿下が……!? あぁ確か……シャルとは古くからの親友だと言っていたね。私からも皆に伝えておくよ」

　セドリックが安心したように、楽しんでおいで、と目尻を下げて言うと、ラウラはムッとしたような顔を一瞬したがすぐにうるうるとした目を輝かせて、「いってらっしゃいませ」とセドリックの腕に纏わりつきながら、シャルロットに微笑んだ。

「……ええ。エリザ様は静かに過ごしたいそうで……他の者を近づけないようにとおっしゃっておりました」

「分かったよ、気をつけよう」

「お心遣いありがとうございます。では、失礼します」

　シャルロットが席を立つと、ラウラは今だと言わんばかりに甘えた声でセドリックに話しかけて、何やら沢山のおねだりを始めた。

「旦那様、ラウラ～奥様のように美しくなりたいです、キラキラしてて美しかったです～」

「そうかい？　ラウラは充分美しいよ？」

「んもー、旦那様ってばラウラ嬉しいですっ」

「だが、そうだな。恩人にお礼の贈り物をしないとな」

「きゃ～！　ラウラとーっても嬉しいです‼」

　その会話を背に受けながら、シャルロットは、無作法にならない程度にそっと歩調を速める。エリザが来るのはお昼を過ぎてからなので、まだまだ時間に余裕があるにもかかわらず急いで部屋を出たのは、夫と別の女性の仲睦まじい姿を見ているのが辛かったからと、どう考えたって、目の前で馬鹿にされているように感じてしまうからであった。

「奥様、お察し致します。私ども、使用人一同は奥様の味方ですから……」

侍女長が、小さな声で控えめに言うと、ジーナは強く頷いた。

「皆、奥様の事が好きですから」

（こんなにも想ってくれている皆を心配させてはいけないわ……！）

「ふふっ、ありがとう。大丈夫よ。さぁ！　今日は沢山お喋りして楽しむわよ！」

シャルロットが努めて元気にそう言うと、侍女長もジーナもほっとした様子を見せた。

三人はそのまま笑い合う。

「準備はほぼ完璧ですし、それまでは部屋でゆっくりと過ごしましょう！」

二人がセドリック達と顔を合わせないように気遣ってくれたので、そのまま部屋で公爵夫人として任されている奥向きの仕事をして、休憩をしながらゆるりと過ごした。

お昼を過ぎると、王宮の紋章の馬車が公爵邸に到着し迎えに出たシャルロットは久々に会うエリザと部屋まで待ちきれず、挨拶を終えると早々に歩きながら話し始める。

「ようこそ、王女殿下……」

「急な申し入れにもかかわらず、迎えてくれてありがとう」

「いえ、嬉しく思います」

「……シャル、やめてちょうだい」

「……一応、皆の前だし……実家とは違うでしょ？」

「だったら、これは王女の命令としてお願いするわ」

「……ぷっ、……あはは!!」

あまりに真剣な顔をしてエリザが言うので、思わずシャルロットが笑い出してしまうと同時に、畏《かしこ》まったシャルロットが変で、エリザも笑い出してしまった。

「もう、エリザといると笑顔が絶えないわね」

「あら、王国一番の美女にそう言っていただけるとは光栄ね」

ふざけて言うエリザに、シャルロットは少し赤くなりながら否定した。

「エリザの方が美しいわ、皆がどうかしてるのよ」

「ふふふ、照れてる。あー畏《かしこ》まったシャルったらおかしかった！」

シャルロットの寝室の隣、繋ぎの部屋。

執務室と来客時の応接間を兼ねるこの部屋は、元々バルコニーだったところに屋根をつけた窓際もさる事ながら内装も豪華だ。ソファやテーブル、クッション、至るところに飾りつけがされているが、来客に緊張を強いる雰囲気はなく、むしろ寛《くつろ》げる空間であった。

そして、バルコニーからは公爵邸の美しい庭園が見えた。

「まぁ！　こっちにも作ったのね！」

「ええ、座って！　ここのバルコニーもお気に入りなの！」

シャルロットの実家である侯爵邸にも広いバルコニーを屋根付きの寛《くつろ》げる空間にしたお気に入りの場所があったのだ。

外出の少ないシャルロットのために、彼はシャルロットに広い繋ぎの二部屋をはじめとして、望むものはなんでも用意した。

昔のように、大きなソファに並んで座って、エリザの好きなお菓子を用意してあるテーブルから好きなものを食べて紅茶を飲みながら沢山話した。侯爵邸にいる時はよく、お忍びで訪ねてきては二人で夜を明かしたり、バルコニーで二人だけのパーティーをしたりしていたのを思い出し懐かしんだ。

不意にシャルロットの方に体を向けて、真剣な眼差しを向けたエリザ。

「実は……貴女《あなた》が心配で来たの、シャル」

「……？」

「公爵が平民の女性を愛人としているとひどく噂になっているわ。近々邸《やしき》に迎える予定だとも、次の夜会にはその者を同伴させるとも……本当なの？」

「……確かに彼女は離れにいるけれども、夜会に……？　そんなはずは……」

「ごめんなさい。邸《やしき》の件は噂だけれど、夜会の件は証言のある話なの。お兄様が、セドリック様から聞いたそうよ……」

シャルロットは驚愕した。

セドリックはこのような強引な手法で、ラウラの存在を世間に認めさせようというのか。

シャルロットの立場や、気持ちを全く顧《かえり》みない行動であった。

「そう……セドリック様はきっと彼女に恋をされたのね」

「そんな……っ、妻がいる身で何を！」

エリザは信じられないと言うように顔を歪めた。

本来彼女は王女である身なので、感情を顔に出す事はないのだがシャルロットと二人の時は彼女自身、素顔の自分でいたいと感情を隠す事はない。

「今は少ないけれど、貴族の間では公妾《こうしょう》などよくある話だというし……」

「……昔と違って今は、ほとんどないでしょう。原則、余程素行の悪い妻であるか、子がなせない場合のみ認めているのよ？　それ以外は立派な離縁の原因となるわ」

「そうね……。やっぱり耐えられないわ。政略ではあったけれど彼の事を愛せると思った。実際に日に日に彼への気持ちは育っていたのに」

「相手が平民だと、剥奪するものも名誉もない……彼女自身でしか処罰を受ける術《すべ》がないけれど、強制労働やそれ以上の刑は、不倫とはいえ貴族に求められた側の女性に課すものとしては刑が重くなる。つまり、現実的には実刑はありえない。失うものがない分相手は強いわ。それでも、訴えればきっと追い出す事は出来る」

いかに温厚なシャルロットとて、例えば、公爵家全体がシャルロットを軽《かろ》んじる態度を取っていれば、あるいは、使用人達は優しくともセドリックが徹頭徹尾シャルロットを蔑《ないがし》ろにしていれば、エリザの言葉に頷き徹底的に戦う事を選んだだろう。しかし、二年近い年月は、違和感こそあれど確かにシャルロットにとって穏やかで優しいものだった。

「いいえ、ただ訴えてしまえば公爵家の名誉も不貞で地に落ちてしまうわ。……一度はお世話になった家だもの。円満に離縁しようと思うの」

「……!?　貴女《あなた》が諦める必要はないのよ？」

「今まで大切にして下さったのは事実だし、一度選んだ人だもの……憎んで終わりたくないの。けれどもう、期待はしていないわ……もう今までの彼の事も信じられないの」

「……離縁に関しては賛成だし、私個人の考えとしては、本命と遊びは別なんてただの言い訳でしかないけれど……まだ、貴女《あなた》への愛が冷めたとは……あの子を恋愛感情で見ていると決まったわけではないのでしょう？」

「いいえ……旦那様は今日、朝方まで離れにおられたわ」

エリザは怒りで震える手を握りしめて、小さな声で何かを呟いた。

「なんて事なのっ……！　こんな事なら……初めからお兄様が……」

エリザはかつて王宮ではにかむように頬を染めて視線を交えるもどかしい二人を思い出し胸が痛んだ。

彼女の兄、ジルベールは簡単に言えば本心の読めない変わり者だ。

王太子という立場上、時には冷酷な判断も必要だが、それ以上に彼は冷酷だった。妹であるエリザから見ても、身内の贔屓目抜きで完璧だと思う美貌は天使のようだと比喩されているが、彼に対しておよそ優しげな評価が向けられるのはそれだけだ。むしろ美貌と相反《あいはん》するからこそ、顔から受ける印象にそぐわない残酷さは彼が恐れられる理由であった。父をも超える王としての資質とカリスマ性のせいで幼い頃から、常に完璧である期待をされ、完璧である事をその環境に強いられてきた故で、本来の彼が常識に縛られない自由な人間である事は周知の事実である。

だが、そんな彼もシャルロットの前では年相応のただの青年となるのだ。

いつだって彼は、シャルロットだけに優しい笑みを向けた。

シャルロットだけが特別だった。

それなりに美しい令嬢に言い寄られても、「お前に興味はないよ」と優しげな声色でそう言うだけだ。好かれるどころか嫌われて貴族社会にいられなくなる羽目に陥《おちい》りたくなければ、彼にそれ以上の期待を押し付けてはならないのは周知の事実だ。

対して、シャルロットが少しでもふらつくと、急いで駆け寄って「シャル、貴女《あなた》に何かあってはいけない。僕が抱えていこう」なんて騒いでシャルロットに大袈裟だと笑われていた。

でも、だからこそジルベールは悩んだのだ。

彼を担《かつ》ぎ上げる味方が多い分、敵ももちろん多い。

そんな自分のせいでシャルロットがしがらみや危険に巻き込まれて傷つく事を何より恐れたのだ。だから彼は、いつの頃からか、シャルロットの笑顔を望む事はあっても、その手を取る事は諦めてしまった。

それでも、兄ならばこんな風にシャルロットを侮辱したりしない、とエリザは思う。

王宮を出る前に話した兄は、久々に見たほどにとても怒っていた。

「シャルを頼むよ」

凍《こご》えるような笑顔で言った兄を見て「ああもうセドリックは終わったんだ、シャルを傷つけた事によって彼は兄の怒りを買ってしまったのだ」と感じてどうにかシャルロットをこの鳥籠《とりかご》から出す方法をずっと考えている。遅かれ早かれ自然とそうなるようジルベールが動くだろうが、そのジルベール本人から頼まれたのだから、セドリックの社交界での破滅を待てないほど彼はシャルロットを案じているのだろう。

（実際には、付け入る隙をみせなければ公爵と言う立場上、家名に傷がついてシャルロットの離縁に有利に働く要素が増える程度で、そう簡単に消される事はないでしょうけど。残念ながら）

ふと、考え込んでしまい地面と睨めっこをしていたエリザをシャルロットが心配そうに覗き込む。そうして少し笑ったシャルロットの声でエリザは初めて我に返った。

「……？　エリザ、心配しないで。彼はフォックス家よりも爵位が上だから私から一方的にとはいかないけれど、きっとセドリック様も彼女を正妻に出来るなら納得してくれるわ」

シャルロットが悲しそうな笑顔で言うと、エリザは彼女を抱きしめて、「大丈夫よ、私も力になるわ」と慰めた。

（まずはお兄様が黙っていないわよ）

変な噂が立つ事を懸念し、距離を置いた兄の気持ちがまだ彼女にある事を、恋に鈍感なシャルロットは知らないだろう。

「お兄様は、シャルの事にだけは臆病になるのよね」

「……エリザ、今なんて言ったの？」

「ううん、なんでもないわよ。とにかく無理だけはしないでね？」

「ありがとうエリザ……」

すると、ジーナが来て気まずそうにシャルロットに伝える。

「殿下、奥様、お楽しみのところ、失礼致します」

「大丈夫よ」

「どうしたの、ジーナ？」

エリザは馴染みのあるジーナに笑顔で返事をすると、ジーナは少しだけ笑顔を返したが、すぐに引き締《し》まった表情で伝える。

「旦那様がお部屋の前にいらしております……」

シャルロットがチラリとエリザを見ると、軽く頷いたので、シャルロットはジーナに

「お通しして」と伝えた。通されたセドリックは社交界の評判通りの、柔らかい微笑みと流れるような所作でエリザへと挨拶をした。

「お越しいただき光栄でございます、王女殿下。ご挨拶だけでもと、参りましたが……お邪魔をしてしまったようですね」

「いえ、ご丁寧にありがとう。先にご挨拶もなしにお邪魔して申し訳ないわ」

エリザがいつもの王女の顔で微笑んで言い、シャルロットは微笑むだけで、二人が二、三言交わす。「旦那様も宜しければ……」と社交辞令で斜め向かい側に並べてある一人用のソファを勧めると、セドリックは「では……」と言葉を紡ごうとした。

だが、セドリックがその先を言う事はなかった。

珍しく焦った様子で何かを言っている使用人達の声が聞こえてきたが、それも虚《むな》しく無遠慮に唐突に開かれた扉からラウラが泣きながら飛び込んできた。

「だっ、旦那さまぁ……っ!! 助けて!」

「ラウラ!?」

「ラウラさん……」

セドリックとシャルロットが愕然《がくぜん》としていると、王女であるエリザへの挨拶をする事もなく、公爵夫人の部屋に勝手に飛び入った謝罪をするわけでもなく、無礼にもラウラは、更に勝手に大声で話し出した。

「メイドさん達が、怖くて……!!　執事さんが綺麗な宝石を沢山持っていたので、見せてほしくて触れただけなのに、すごく怖い顔で怒ったんです！　両脇を取り押さえられて……っ、怖い思いをしたので逃げてきたんですっ!!」

それを聞いたシャルロットは、なんとも言えない表情をして、セドリックは顔を青くしたまま、額に手を置いて項垂《うなだ》れた。

「ラウラ……、それは妻のものだよ。人のものに勝手に触れてはいけないよ」

「……紛《まぎ》らわしくてごめんなさいね、手入れを頼んでいた宝石を戻そうとしてくれていたのよ」

シャルロットは彼女よりも歳が若いにもかかわらず、グッと堪えて大人の対応をしたが……ラウラは自らこそが被害者だとヒステリックに叫んだ。

「ただ、羨ましくて！　見てみたかっただけなんです!!　なのに……あんなに怖い顔で怒らなくったって!!」

後で使用人達が教えてくれた事実は、予想通りであった。

ラウラは執事の持つ宝石箱を奪い取って、勝手に開けると、シャルロットの宝石だと制止する執事の声を無視して、素手で手に取った。そしてきゃあきゃあと騒いでいたのを執事に叱られ、持っているものを取り返されたのだった。

取り押さえられたというのは些《いささ》か大袈裟で、突然飛び出してきてシャルロットのものを素手で触り始めたので軽く押さえられただけであった。

ただ、それは至極当たり前である。

平民である事を除いてもラウラはあくまでただの客人。女主人の私物を勝手にどうこうしていいわけがないのだ。

一歩間違えれば盗人《ぬすっと》と疑われても仕方のないところだった。

そして、今……無断で飛び込んだ部屋はシャルロットの自室であり、ましてや王女であるエリザが訪問中である。

他の人を寄せないようにと指示があったので使用人達が必死で止めたが、それを振り切り、はしたなく走って身だしなみも整えず勝手に部屋へ入ってきたのであった。

決して顔には出さなかったがエリザはこの無礼に憤慨《ふんがい》していた。それは、自分への無礼よりもシャルロットへの積み重なる無礼と、それを許すセドリックへの怒りであった。

「そこの貴女《あなた》。無礼にも程があるわ。どこの家門の令嬢かしら？」

彼女の持つ高貴な雰囲気に威圧され、ラウラは涙を止め黙り込んだ。

エリザはシャルロットのように優しい顔や我慢はしてくれない。

彼女は王女でありセドリックの顔を立てる必要がないのだ。

セドリックは見た事がないほど顔を青くさせて、急いで仲裁した。

もちろんエリザは彼女が平民の愛人である事は分かっていた。

「申し訳ありません殿下！　彼女は私の恩人でして……客人として邸《やしき》に招いております。……市井《しせい》で育ったため、作法を知らず無礼を働きました。当主として、私が代わりに謝罪致します」

「貴女《あなた》は妻への無礼を咎《とが》める事なく、無礼を働いたその子を必死で庇っているように見えるわね……不思議ね」

「そんな事は……っ！」

「申し訳ありませんっ！　旦那様はただ無知な私を助けてくれただけなのです!!　奥様とお友達の方には大変な無礼を働きました!!」

涙ながらにそう言うラウラに、その場が凍りついた。

（お友達の方!?）

「失礼致します！　王女殿下！　奥様……っ!!」

新しいお茶を淹《い》れに行った侍女長が事情を聞いて血相を変えて入ってきたが……時既に遅し。

その場にいるラウラと凍りついた空気を読み取って……珍しくしまったと顔に出してしまった、

「いえ……殿下と奥様へのご報告が遅かったようです。事態の把握が遅れてしまい、対応が遅れ、申し訳ありません」

「なんで貴女《あなた》が謝るの!?　私が悪いんです……っ」

ラウラはまるで人助けをしているかのように、自らが悪いのだと侍女長を庇う素振りを見せるが、そのようなジェスチャーはエリザには通用しない。

「ラウラ……。王女殿下、どうか本日の事は私の顔に免じてお許し下さいませ。不敬についての処罰は私が謹《つつし》んでお受け致します」

相も変わらずシャルロットへの無礼を無視し、エリザだけに向けられた謝罪。妻を差し置いてラウラを庇うセドリックに対し、表面上はしおらしいが図太く恋人ヅラしたラウラはそんなセドリックの態度に優越感に浸《ひた》った顔でシャルロットをチラチラと見ている。

まるで話の通じない二人に、エリザはチラリとシャルロットを見ると、申し訳なさそうな顔をしてから小さく頷いた。

エリザは二人を小馬鹿にするようにクスリと笑ってから威圧的に言葉を紡ぐ。

「いいわ。シャルロット、貴女《あなた》も大変ね？　今回は親友であるシャルロットの顔に免じて不問とします。ですが、そうね……処罰というよりお願いをしても？」

エリザが今度は綺麗に笑って言うと、ラウラですらも圧倒されたように皆にならって頭を下げてセドリックの言葉を待った。

「もちろんです。寛大なお心遣いに感謝致します。私に出来る事でしたらなんでもお申し付け下さいませ」

その言葉に、エリザは満足したように扇を開いて目を細めた。

「そうね、それじゃあ簡単なお願いをひとつ……」

エリザの整った唇から、とある要求が紡がれた。その王女殿下のお願いは、確かに簡単なものではあった。

「……!?」

予想外のエリザのお願いに、セドリックだけでなく、ジーナや侍女長までもが大きく目を見開いた。

「ね？　すごく簡単でしょう？」

まるで悪戯《いたずら》を思いついた少女のようにクスクスと笑いながら言ったエリザの意図が読めずにシャルロットは考えを巡らせる。

（エリザったら一体何を考えているのかしら？）

「殿下……？　私は一向に構いませんがそれでは逆にお手間をおかけするのでは？」

ラウラの無礼を不問に付す代わりに、シャルロットを七日の間城に借りたいとお願いをしたエリザに不思議そうに言ったシャルロットを彼女は静かに、目だけで制した。

そんなエリザの視線に、黙って微笑み了承を示したシャルロットの表情からどれほどエリザを信頼しているのかが窺《うかが》えた。

「いいえ……私は立場上、城を出たり等は滅多に出来ません、友人を招待すると言っても……ベッドの上で一晩中語り合ったりなどは出来ません。……けれどシャルロットだけは違います。両陛下、そして城の者達からも信頼は厚く、両親同士も信頼関係のある唯一の友人です」

「ですが……彼女はこの邸《やしき》の女主人です、七日も不在とはいけません」

セドリックが困ったように言うと、エリザはにこりと笑った。

「私の信頼出来る友人はシャルだけなの。それに、それでその娘の不敬罪と公爵家の名が助かるのですよ？」

そう言ってラウラを見たエリザの目は決して笑っておらず、彼女の言っている事が本気なのだと知らせていた。

「……っ、それは、では……宜しくお願い致します。こちら側の無礼にもかかわらずこのようなご対応、殿下の広い御心に感謝致します」

（これはお願いではない、決定事項、命令だ……やむを得ん）

「殿下、私からも感謝申し上げます」

シャルロットも続いて礼をすると、エリザは軽くシャルロットに触れて、「貴女《あなた》は気にしないで、退屈してたのよ。貴女《あなた》も息抜きが必要でしょ」と小さな声で耳打ちした。

セドリックにいつもの余裕はなく、不安げに瞳を揺らしていたが追い討ちをかけるようにエリザはラウラに言う。

「良かったわね。おかしな事にこの邸《やしき》では女主人にも等しいはずの当主の妻が貴女《あなた》のような人の責任を取ってくれるのよ。感謝しなさい」

「……ッ」

「殿下……、そういうわけではっ！」

セドリックはもう青を超えて顔面蒼白になりながら、弁明しようとしたがふと、シャルロットを外に出す事になるのだと気づき目の前が暗くなった。

婚前も、公爵夫人になった今でも多くの子息達がシャルロットに懸想している。

心から愛している者もいれば、憧れているだけの者もいる。

彼女は貴族のゴシップを扱う新聞によく出るほど、国中から注目を浴びており、王国一の美女だと言われその評価はとても高い。

セドリックも、そして彼の父までもがそんな彼女に懸想する男の一人であった。

セドリックは、ライバル達に先を越されてはならないと、十六歳の成人を迎えるとすぐにアプローチし、彼女が積極的に行う慈善事業にも寄付等で共に貢献した。

女性からの人気も高く、公爵という爵位、その手腕ももちろん申し分のないセドリックの誠意あるアプローチにシャルロットの両親は次第に心を開き、喜んでくれるようになった。

そして、お互いが王宮派……王家の存続と繁栄を特に望む派閥……であったために派閥の勢いを強くするという政略的な意味でも目的が一致していたのが後押しとなった。

何故か、王宮への婚姻申請の際は両陛下の承認を渋る様子が見られたが、結局は滞りなくシャルロットを手に入れる事が出来た。

セドリックは彼女を必要以上に社交界には出さずに、一人での外出も、公務や必要な時だけしかさせなかった。

彼女を奪われるのが不安で、良い妻として公爵家を守る事を望み、妻とはそのようなものだとまだ若く世間知らずな彼女に言い聞かせ続け、彼女もまた何の不満も口にせずそれに従ったし、少し心配性だが優しい彼に惹かれていた。

なのでセドリックは世間から彼女への評価をしばらく忘れていた。

シャルロットは当たり前に妻として邸《やしき》にいて、自分以外にその優しい笑みを見せる事はないのだと安心していた。

彼女を想う国中の男達がモンフォール公爵夫人と彼女を呼ぶ事に満足していた。

むしろ……従順で、完璧な公爵夫人であるシャルロットをどこか少し退屈に感じていたのかもしれない。

だが彼は確かにシャルロットを愛しているし、初夜に震える彼女を抱けなかったのも、その心ごと捧げてほしかったからであった。

少しずつ、少しずつ、彼女を手に入れる事に満たされていたし彼女に愛されていく事に安心していた。

そして、彼にとって彼女は宝石のような存在でもあった。

傷ひとつつけずに美しくいる事が、彼女の高貴で美しいその価値を保つ事だと考えてもいた。

だが彼とて成人男性である上に公爵としての義務もある。

乙女としての彼女の価値を下げるのは業腹だが、そろそろ、彼女と子をなすべきかと思っていた矢先に出会ったのがラウラであった。

平民であっても知っているほど女性に人気があるセドリックの事を全く知らずに、詐欺師に騙されそうなところを救ってくれたのがラウラだった。

身分の差からか、明らかに高貴なセドリックに初めから対象外だという態度を示す彼女を何故か追いたくなった。

何度か声をかけ、口説き落とし、彼女にお礼をしたいと言って初めて彼女の家を訪れた。ベッドの上で聞かされた彼女の不憫《ふびん》な環境に放ってはおけず、小さな肩を抱いてもうこれからは大丈夫だと約束した。邸《やしき》に連れてくる数ヶ月前の事だ。

邸《やしき》に連れてきて身なりを整えてやると、それはそれは可憐《かれん》な女性になった。

シャルロットの美しさは内外とも誰もが知っていたし、好きな食べ物や好きな本、趣味までも、彼女の事は大抵国中の者達が知っている。

彼女とは対照的に、無知で純真、追えば逃げる猫のようなラウラが自分の手で美しく生まれ変わり気まぐれに誘惑するその姿が堪《たま》らなく猟奇心を駆り立てられ、自分だけが彼女の美しさを知っていると思うと征服欲が満たされる。

ラウラから目が離せなかった。

(どちらを……と言われればもちろんシャルロットだが。ラウラから目が離せないで

いる)

そんな時に、エリザの提案で、シャルロットが決して閉じ込めておけるほど、些細《ささい》な存在ではないとようやく気づかされる。

「では、三日後に馬車を寄こしますね」

「え、ええ」

「旦那様？　どうなさったのですかぁ？」

様子が落ち着かないセドリックの手をラウラがそっと握った事に気づいた者は彼本人しかいなかった。そして彼女の内心に気づいた者は、誰もいない。

(やっと邪魔がいなくなるのに、オロオロしちゃって、もっと夢中にさせないと)

エリザが帰ってからすっかり無口になってしまったセドリックを、気遣うように過ごすシャルロット。セドリックは先程の無礼をラウラに謝罪させる事もなく、唐突に呼び止め、皆がいる事も気にせずに無遠慮に口付けて、少し頼りなくシャルロットを抱きしめた。

「旦那様!?　……っ、皆が見ています……」

「シャル、君は私の最愛の妻だよ。必ず戻ってくるんだ」

「……？　もちろんです、たった七日ですもの。すぐに帰ります」

「……そういう事じゃなくて」

その光景を見ていたラウラは面白くないのか、思い切り空気をぶち壊すような大声で遮った。

「奥様!!　旦那様!!　ごめんなさいぃ……っ！　私のせいで……奥様が……」

瞳に涙を溜めて、大きな声で謝罪の言葉を続けようとするラウラは突然、目眩《めまい》でも起こしたかのようにふらついて身体を傾けた。

「本当にごめんなさ……あっ……！」

「……ラウラ!!」

シャルロットから身を離し、ふらついたラウラを急いで受け止めたセドリック。彼の首に手を回して抱きついて幼児のように大泣きするラウラに驚き、先程の不安など忘れてしまったかのように慌てて宥《なだ》め始めた。そんな二人の光景を見せつけられたシャルロットは、悲しそうに笑った後に控えめに声をかけて先に部屋へと戻る。

先程、急に離されたため、ふらついたシャルロット。セドリックの最愛の妻を受け止めたのは護衛騎士であった。

（貴方は最愛の妻を投げ捨てて、他の女性をその腕に抱くのよ、セドリック様。それはもう最愛とは言わないわ……）

ラウラは初めこそ、セドリックの爵位以外に興味はなかったが、だんだんとセドリック自身の魅力に、優しさに、彼を好きになってしまった。それに加えて何よりも初めて与えられた裕福な居場所を失いたくなかった。

（セドリック様が奥様に渡したものが全部、欲しくなったの。奥様に嫉妬してしまうの……奥様は女性が欲しがるもの全てを持っているもの、これくらい分けてくれたっていいよね……）

そして、セドリックが、「あれ？　シャルはどこへ？」と、使用人に尋ね、「四十分ほど前に、旦那様に許可を得てから先に戻られました」と聞いて顔を青くしたのを見て、少しだけ口元を緩めニヤリと笑う。

「旦那様……奥様もお疲れのようですし……今日は、私の部屋に来てほしいです……旦那様にもっと沢山教えてほしくって……私、無知だから……」

自分の唇を指でなぞりながら瞳を潤《うる》ませて言ったラウラの色香にグッと感じるものがあったセドリックは、少し考えてから、「後で行く」と頭を撫でて部屋を後にした。シャルロットの恥じらう表情を思い出しながら、優しく顔を緩めた後に、唇をなぞるラウラの純真なはずなのにどこか色っぽい仕草が頭に浮かんで、かき消すように風呂へと向かう。

（私が愛しているのはシャルロット、ラウラとはただの過《あやま》ちであり惹かれてはいけない）

そう思いながらも、今夜もラウラの寝室へと足を運ぶ自分の矛盾にひたすら心の中で言い訳をした。ラウラがセドリックを優しく抱きしめて誘惑するような瞳で見つめるまでは……

「……っ、君は本当に女神のようだよ」

（シャルに色香など求めていないが……ラウラのような純真な女性が……なんて積極的でいじらしいんだろう……）

「旦那様っ……私、貴方を愛してしまったわ」

「……セドリックでいい。……とても嬉しいよラウラ」

甘い一夜を過ごした二人は知らない。ラウラが別邸へと戻らず、来賓室にいると聞かされたシャルロットが、部屋に落としていった彼女の髪飾りを届けようとラウラの部屋の前に来た事を。その際に中の様子が聞こえてしまい、二人の愛を囁く会話に、ドアの前で思わず硬直していた事も。

「……っ、セドリック様……どうしてこんな仕打ちを……」

「奥様！　このような時間にお一人でどこへ？　その涙はどうなさったのですか？」

涙を流しながら引き返す途中で会ったジーナはどうやらシャルロットを捜していたようで、今にも崩れ落ちそうなシャルロットを支える形で部屋まで戻った。

「眠れなくって、バルコニーに出たら……ラウラさんの髪飾りが落ちていたのよ。貴女《あなた》達を夜中に呼ぶのも悪いと思って部屋の扉にでもかけておこうと思ったら……っ、セドリック様と彼女の声が聞こえて……それで、驚いただけよ」

「……ひどいです旦那様は。奥様、何度も言いますが、私達は奥様の味方です。離縁されるとおっしゃるなら旦那様の不貞を証言致します」

それは、主君を裏切るという事。邸《やしき》を辞めてシャルロット側につくという事でもあった。

「ありがとう、けれど旦那様を悪く言ってはだめよ？　たとえ、心変わりしたのだとしても、それは私がそこまでの女性だったというだけの事。決して責任転嫁したくないの」

「奥様……、私の主君は元々奥様のみです。お忘れなく……そういえば！　ご報告しておく事がありました」

ジーナはシャルロットの寂しげな表情を見て、どうにか彼女を笑顔にしたいと思うと、ふと……侯爵家にいた頃の曇《くも》りのないシャルロットの笑顔と、その隣にいた人物を思い出したのだった。

「？　何かあったの？」

「ノア・ハリソンフォード卿が戻られます」

それは、エリザやジルベールとも親しく、シャルロットを大切に思う、彼女の幼馴染の名だ。

「まぁ、ノアが帰ってくるのね……！　お父様もとても喜ぶわ！」

そう、嬉しそうに言ったシャルロットの笑顔が再び曇《くも》ったのは夜が明けてすぐの、朝食の時間であった。

◇◇◇

「……おはようございます旦那様」

食堂に入ると、今日も仲睦まじく先に朝食を食べる二人の姿と、執事のラウラを刺すような視線が目に入った。

（いくらなんでも、ここまで侮辱するなんて……）

それでもシャルロットは笑顔を崩す事なく、否、どこか諦めたような笑顔で席に着くと何事もないように食事を始め、少しだけ口にすると至っていつも通りに食事を終えた。

「ご馳走様です。とても美味しかったとシェフに伝えておいて下さい」

笑顔で伝えると、何か言いたげなセドリックと、勝ち誇ったような顔のラウラとこの食堂に入って初めて、やっと目が合った。

シャルロットは、セドリックの不満げな表情を無視するように微笑んで、「それでは、お先に」と席を立ってしまう。

「……シャル！」

引き留めようとセドリックが急いで席を立ったが、まるで気づいていないかのように振り返らず扉へと足を進めた。

すると、扉の前まで到着したと同時に扉が叩かれて、シャルロットは反射的に返事をする。

「!?　……どうぞ」

「失礼します！　フォックス侯爵家より手紙が届きました。至急奥様にご確認をとの事です」

急いで来たのだろう、使用人が少しだけ息を切らして手紙の載ったトレーをシャルロットに差し出した。

「旦那様ではなくて？」

「はい、まずは奥様にご確認をとの言伝でございます」

セドリックをチラリと振り返り、彼が小さく頷いたのを確認してシャルロットは手紙を開くと、表情こそ変わらないものの心なしか嬉しそうに口元だけを綻《ほころ》ばせた。

「シャル、お父上はなんと？」

シャルロットの些細《ささい》な表情を見逃さなかったセドリックは少し不安げに瞳を揺らしてシャルロットに尋ねる。ラウラは訳が分からないという表情でキョロキョロと皆を見渡したが彼女に親切に今の状況を説明してくれる使用人はいない。

「ええ、侯爵家より私付きの騎士を送るとの事です。旦那様へ許可をいただきたいとの事と、……その事についての理由が書いてありました。どうか寛大な御心でお受けいただきたく私からもお願い致しますわ」

シャルロットは有無を言わせぬ笑みで、丁寧に手紙をトレーに置き直して、それをセドリックに預けた。

～　セドリック・モンフォール公爵閣下、公爵夫人へ　～

突然の事で大変、申し訳なく思います。どうか、このご無礼をお許し下さい。

近頃、社交界は良からぬ噂で持ちきりでございます。

無論モンフォール公爵夫妻の事なので、心配はご無用かと思いますが、我がフォックス侯爵家の宝でもあるシャルロット夫人の心身に何か起こらぬかと心配で夜も眠れぬ日を過ごしております。

そこで、フォックス侯爵家一の騎士が他国での留学を終えマスターの称号を得て戻って参りましたので、娘への騎士の誓いを行わせ、専属の護衛騎士として公爵家へとお送りしたいと思っております。

もちろん、お噂は公爵閣下のお耳にも入っておられるはずですので、シャルロット夫人を愛する公爵閣下であれば喜んで迎えていただけると思っております。どうか老ぼれのささやかな願いをお聞き届け下さいますよう、何卒お願い申し上げます。

～　ジリアン・フォックスより　～

具体的な日程などを記した提案も、併せて同封されている。セドリックは額に手を当ててしばらく考えた後、心底嫌そうな顔で承諾した。

手紙の内容は、成婚後まもなく速すぎるスピードで連れてきた愛妾《あいしょう》の存在により公爵夫人である愛娘《まなむすめ》に何か危険が及ぶのではないかと危惧《きぐ》しているという事だ。侯爵家としては既にセドリックに対する信用はなく、娘の身は侯爵家側で守るので、それを許可せよという意味である。

もっとも、シャルロットの性格上、女の戦いのような醜《みにく》い事はしないだろう。セドリックはラウラに対してもそのような事をする子ではないと思っている。

だが、一般的に見れば公爵が突然連れてきた女性によって公爵夫人がその立場を脅《おびや》かされていると考えるのはもっともだ。愛妾《あいしょう》や夫が邪魔になった妻を殺したり、追放したり、謂《いわ》れのない理由で離婚なんて事は貴族の中では多々あった。

貴族社会において、正妻の立場が危ぶまれるという事は本人の身の危険にまで発展する。

そして、侯爵家一の騎士を公爵家ではなく娘へと送るという言葉は、深読みをすれば、万一公爵やその愛人にシャルロットが冷遇された場合、公爵家に仕えているわけではない騎士の力を借りていつでもシャルロットが侯爵家へ戻れるように、という思惑が感じられた。

セドリックはシャルロットを愛しているので、そのようなつもりは更々《さらさら》ないのだが、流石に世間の声が聞こえぬほど愚かではなかった。

「仕方がない……。お父上の御心労は察する」

「ありがとうございます、騎士の誓いの儀式は十日後ではどうかと書いております。大々的には致しませんので、私だけ侯爵家へと参ります」

「な、何のお話をしているのですかぁ？」

「いいや、なんでもないよ。……シャル、後で部屋に来てほしい」

セドリックは今はラウラに構う余裕がないというように、彼女と目も合わせずにシャルロットに向かって急いで言葉を投げた。

「ええ、分かりました」

優雅に返事をしたシャルロットの動じぬ雰囲気に焦燥を感じるセドリックに反し、フォックス侯爵家では一人の騎士が嬉々とした表情でシャルロットの父親である侯爵と向かい合っていた……

「侯爵様、有り難き幸せでございます」

「ノア、お前なら安心して任せられるだろう。……だが、良かったのか？　王宮の騎士団を断ってまでシャルロットの騎士になっても……」

「はい。俺の目標は王宮の騎士ではありませんので」

（シャル、俺はずっとシャルだけの騎士でありたい。あの時から、ずっと……）

先程呼ばれたので、セドリックの部屋で彼を待つシャルロットは、第三者から見ても、余裕のある落ち着いた雰囲気だった。

（フォックス侯爵家からの騎士……きっと、ノアが来るわ。セドリック様のラウラさんへ寵愛を示す態度のおかげで、社交界でもお飾りの妻だと侮《あなど》られて、これでは実家の名誉にも泥を塗ってしまう。マスターであり、伯爵位を持つ彼が味方だと心強い、それに……子供の頃から良く知っているノアだからこそ安心出来るわ）

ラウラが邸《やしき》に入ったという話は、もう噂になっているらしい。どうやら彼女が首元や、胸元の紅《あか》い華を見せびらかしながら、外でベラベラと二人の仲を話しているようで、セドリックは夫人と寝室を共にせずラウラと共にしているとシャルロットの夫人としての立場は侮《あなど》られ始めていた。

侯爵家という後ろ盾があれど、これでは実家の名に泥を塗っているのと同じである。シャルロットは心苦しく思っていた。

（愛する人に選ばれないのは私の責任だけれど、家族にまで迷惑をかけるのは嫌……円満に離縁するのよ、まずは足場を固めないと）

それどころか、公爵の寵愛を得られなかったシャルロットが公爵家や侯爵家からも見放されるのではないかという根も葉もない噂までが蔓延《はびこ》っていた。

この状況で、侯爵家からシャルロットのためにマスターを送るという事は実家からの寵愛は続いているという証となり、とても心強い。マスターであるノア自身が伯爵である事も強い後ろ盾であった。

何よりも、シャルロットはノアを信頼していた。

幼馴染である彼は、感情を表情にこそ出さないが不器用で優しく、いつもシャルロットの味方をしてくれた。

シャルロットの幼少期の交友関係として、エリザとの仲以外はあまり知られていないが、シャルロットとノアの父親が王宮勤めであるため、二つ歳上である王太子ジルベールとその妹であるエリザ、ノア、シャルロットはとても仲がよく、幼い頃から何かあれば四人で助け合ってきた。

（いつも、ノア達とは切磋琢磨してきたわね……それぞれ違う道に進んだけれど、ノアはマスターになれたのね……）

王宮の騎士団長であった彼の父親の背を追い、騎士団長になる夢があるはずのノアが、フォックス侯爵家の騎士に志願した時にはシャルロットはとても驚いた。

（きっと、ジルベール殿下にお仕えするために王宮騎士団へと入ると思ったのに……）

そして、シャルロットは父親にとても感謝した。

夫の心を繋ぎ止められず、このような状況に陥《おちい》った自分にまだこのように力になってくれる家族や幼馴染からの心遣いが嬉しかった。

そうして考えていると扉が開いてこの二年足らずで聞き慣れた優しい声がシャルロットの名を呼んだ。

「待たせたね、シャル」

セドリックは相変わらずの優しげな笑顔でシャルロットと向かい合って座る。

「いいえ、お忙しかったのでは……?」

「いや……大丈夫だよ。それより侯爵家から来るという騎士についてだが……」

セドリックはどことなく気まずそうに尋ねる。

「そうですね、まだどなたが来られるのかは確定ではありませんが……軍事力を誇るフォックスマス侯爵家のマスターになり得る人物は私の知る限り一人しかいません。彼であれば、確かに信用の出来る人物です」

「そうか……ではお父上の言う通りに、シャルの護衛として迎えよう」

納得のいっていない表情ではあったがしぶしぶ承諾をし、セドリックはフォックス侯爵家への返事をすぐに使いに持たせた。

「ありがとうございます、セドリック様」

「いいや、悪い噂のせいでお父上を不安にさせてしまった私のせいでもある。シャルは、

たった一人の私の愛する妻だからね」

以前ならば頬を染めて喜んだだろう言葉だが、今のシャルロットには心のどこにも響かなくなっていた。

「……ありがとうございます。あの、セドリック様……」

予想とは違うシャルロットの表情に、セドリックの不安は増すばかりだったがシャルロットの次の言葉にセドリックは見当違いな解釈をする。

「今度の夜会のエスコートはラウラさんを？」

（なんだ、シャルは嫉妬していたのか）

「なんだ！　シャル心配しないで。愛しているのは君だけだよ。もちろんラウラをエスコートしたら君の元へ戻って君もエスコートするつもりだよ」

公爵夫人が、愛妾《あいしょう》の後にエスコートされるなど侮辱以外の何ものでもなかった。

（セドリック様は何を言っているの？）

「シャル……君にはとても申し訳ないのだけど、身寄りのないラウラをとても放ってはおけなくてね……彼女を正式に家族として別邸へと迎えたいと思う。もちろん、ファミリーネームを与えるという意味で第二夫人として迎えたいんだ」

「……！　ですが、重婚になります……」

「私は一応、王族の血が流れている筆頭公爵家の当主だからね、王家に万一の事があった際の王位継承権は公爵家の中でも上位だから、王族と同じく三人まで妻を持つ事を許されているよ」

「……そんなっ、それは現代ではほとんど使われていない法律です。ほとんどの王侯貴族が一夫一妻ですわ」

「あぁ、だが違反でもない。何、形だけだよ。ラウラが不憫《ふびん》ではないのか？」

軽蔑したような視線で見るセドリックにシャルロットは心底落胆した。ラウラを公妾《こうしょう》にしたいという提案であればまだ、愛のない政略結婚が常の貴族社会において前例がないわけではない事だと受け入れただろう。しかし、エリザが先日反論したように、公妾《こうしょう》でさえ、本妻が子供に恵まれなかったりあまりにも目に余る振る舞いをしたりといった、妻の役目を果たす者がいない場合に限られている。第二夫人であれば尚更だ。シャルロットを愛してもいないし妻としても認めていないと断言したも同然である。

「……そうですか。ではセドリック様のお好きなように」

「……！　エスコートの件は心配しなくてもいい。それに、心はいつもシャルだけのものだよ。エスコートの順番は異例だが……ラウラが第二夫人としての自分のお披露目となるなら先にエスコートしてほしいと聞かなくてね……」

セドリックがシャルロットの機嫌を窺《うかが》うように、焦って手を握りながら言うが、シャルロットはもうどうだって良かった。目の前の残酷で、優しい夫にがっかりしていた。

「ええ、ではそのように」

セドリックの衝撃的な発言により、シャルロットの迷いは完璧に消え、家格の低い自分から円満に離縁する方法ばかりを考えていた。

それからは、セドリックと顔を合わせる事のないように日々を過ごした。使用人達の協力もあって彼とは会わないままエリザとの約束の日がやってきた。

セドリックは何故かすれ違いになり顔を合わせないシャルロットを不思議に思っていたがラウラに手一杯でシャルロットに構う余裕がない様子であった。

どうやらラウラはシャルロットの姿が見えないと正妻気取りのようで、それを甘やかしているセドリックによって、我儘《わがまま》放題しており今日も新しいドレスの仕立て屋が来ていた。

仕立て屋のデザイナー一行はセドリックから沢山ドレスや装飾品を与えられているラウラへのご機嫌取りのつもりなのか、本当に馬鹿にしているのか、シャルロットと出くわすと挨拶もせずにクスクスと笑いながら通り過ぎたのだ。

「なんて無礼なっ!?」

ジーナが憤慨《ふんがい》して彼女達を振り返ると、彼女達はジーナを睨んでから足早にラウラのいる別邸へと向かっていった。

「いいのよ、ジーナ。私はしばらくドレスや装飾品を買っていないもの。商人はお得意様に優しくするものよ、気にしないわ」

「ですが……はぁ、奥様はお優しすぎます！」

「もうすぐ王宮からの迎えの馬車が来るわ。失礼のないように整えておく事が優先よ」

「はい。ですが、旦那様はラウラ様のお部屋にいらっしゃるようで……」

「いいわ……先に出ておきます。お待たせしてはいけないわ」

セドリックは相も変わらずラウラの我儘《わがまま》に振り回されて、拘束されている時間が多いようで今日も次々と商人が勧めるドレスの中からどれを買い上げるか選ぶのに付き合わされている。

（執務はきちんとされているのかしら……？）

もう、数日家を空けるシャルロットを気にも留めていないのだろうか。

しばらくして、エリザ本人が迎えに来たとの一報があり、使用人達はバタバタとしていた。

エリザやジルベールの遊び相手として幼い頃から王宮に通っていたシャルロットに

とっては慣れた場所であるが、使用人達はセドリックからの指示もないので、誰がついていくのかと決めかねていたのだ。

「では、時間もありませんので、私の責任で任命致します。公爵家は今お客様を迎えて大変な時期でしょう。何度も王宮へ同行している侍女のジーナと、メイドのミリーとヨルダの三人を同行します。私の決定だと旦那様にはお伝えしてね」

念のために予《あらかじ》め用意しておいた人選を伝えると、エリザの元へと急いだ。

ラウラのおかげで、執務も捗らずバタバタしている公爵家からこれ以上有力な人材を減らすわけにはいかない。ただでさえ、セドリックは新しく人を雇うまでシャルロットの世話をしていたメイド達の大半をラウラの世話にもつかせている。メイド達の負担を減らすためにも、シャルロットはジーナを含む元々侯爵家から連れてきた数名と侍女長、執事にのみ直接的な指示や身の回りの世話をお願いし、自分で出来る事は自分でしていた。

「お待たせしてしまいましたか？　エリザ様、来て下さってありがとうございます」

「いえ、貴女《あなた》の夫より偉いのは私だけでしょ？　引き留められないようにと自ら連れ出しに来たの」

「……、ふっ！　エリザったら！　……とても楽しみだわ」

「久しぶりに、沢山遊びましょう！　貴族達の間で流行っているパジャマパーティーは必須よ！」

「ええ！　……申し訳ないわエリザ、旦那様は接客が長引いてしまって……」

「ええ、聞いているわ。……ほんとあの愛妾《あいしょう》ったら計算高いわね」

クスクスと笑いながら別邸に入れ替わり立ち替わり入っていく馬車を遠目に言うと、エリザは視線をシャルロットに戻した。

いない方がいいわ！　と笑ったエリザにありがとうとお礼を言って馬車に乗り込んでいざ、出発だという瞬間……

「シャルロット!!　王女殿下!!　……っ」

駆けてきたセドリックは珍しく大声を上げて馬車を呼び止めた。

「はぁ……っはぁ……王女殿下、大変遅れてしまい申し訳ありませんっ、今日より七日間っ妻を宜しくお願い致します。重なる無礼への寛大な処置を感謝致します」

エリザは扇を開いて目元だけでセドリックを流し見てから、

「いいわ、気にしないで。シャルが来てくれると王宮の皆も、お兄様も喜ぶわ。こちらが感謝しているのよ」

（そう、悩めるお兄様にこんなチャンスをくれたのだもの）

セドリックは、何を考えているのか硬直したまま青い顔をしていた。

「……？　では、旦那様。行って参ります」

「……っ、シャル！」

彼は何かを言っていたようだったが、馬車はもう止まる事はなかった。

「……セドリック様、さようなら」

そのポツリと出た言葉は、ただ心が離れたという意味の言葉だったがエリザにとっては充分であり、にこりと微笑んでシャルロットの手を取って、真剣な目で彼女に伝えたのだった。

「私は、宰相である父君に連れられてよく王宮に来ていた貴女《あなた》と姉妹のように育ったわ。貴女《あなた》を傷つける者は誰であっても許さない。たとえ貴女《あなた》の夫であっても」

そう言ったエリザの言葉に、緊張の糸が切れたように涙が溢れたシャルロットは、両手で顔を覆って静かに涙した。

「ありがとう、私……セドリック様を信じていたの……っ」

「シャル、貴女《あなた》はよく頑張ったわ。今からは反撃するのよ。貴女《あなた》は、かつて令嬢や婦人達の派閥をまとめきってみせたフォックス侯爵家のシャルロットでしょう。貴女《あなた》に鳥籠《とりかご》は似合わない」

そう言ったエリザは美しく、そして頼もしかった。

シャルロットとエリザは馬車でそう遠くはない王宮に到着した。

出迎えてくれたのは、ジルベール・オーヴェル。

エリザの兄であり王太子であった。

「あら、お兄様。気が早いのね、準備をしてからご挨拶に伺いますのに……」

「あぁ、待ちきれなくて。久しぶりだね……シャル。ようこそ！」

キラキラと光るさらりとした金髪と強く輝く青い瞳。国王と同じ髪と瞳の色は、彼が正真正銘この国の王太子である事の証だった。

彼を見た瞬間、安心したような温かい気持ちがシャルロットの中に広がりまるで慈しむように見つめるその瞳に泣きそうになった。何故か彼の方が泣きそうな嬉しそうな、まるで愛おしく思われているのではないかと勘違いしてしまう表情も、シャルロットにとっては、幼い頃の自分をいつも見守ってくれていた馴染み深いものだ。

だが彼は王太子で、今の自分は幼馴染のフォックス侯爵令嬢ではなくモンフォール公爵夫人である。頭の中できちんと整理し今にも飛び込みそうになる彼の軽く広げられた両腕に眉尻を下げて微笑み、代わりに美しいカーテシーをした。

「……殿下っ、ご機嫌よう。お招きいただき光栄です、此度の無礼においては……」

「シャル、止まって。今は完璧な淑女じゃなくていい」

ジルベールがシャルロットの言葉を止める。

「僕は、エリザが鳥籠《とりかご》から僕達の大切な貴女《あなた》を救ってきたと思っているんだけど……」

そう言って悪戯《いたずら》に笑った彼の笑顔もまた懐かしいもので、心の奥深くに仕舞った何かがじわりと滲《にじ》むような気がした。

エリザは一瞬目を見開いた後に、満面の笑みで頷いた。

(貴女《あなた》ですって、やはりお兄様ったら、らしくないわ)

エリザのキラキラ光る金髪もジルベール同様美しく、その瞳の色は母譲りの青灰色であるがその憂いを帯びた輝きがまた大人びて見えた。実際、察しの良さにおいて一番大人と言えるのはエリザだっただろう。

ジルベールが常に「貴女《あなた》」と呼びかける人物はシャルロットだけであり、それは彼女が彼にとって最も愛おしむべき大切な人だからであった。その事は本人達よりもエリザがよく分かっていた。

「王太子殿下、エリザ、ほんとうにありがとうっ……！」

「貴女《あなた》の後ろ盾となる準備は出来ているわ。もちろん、父と母も同意よ」

「貴女《あなた》の力になりたいんだ。それと……、その、昔のように呼んでほしい」

くすくすと笑うエリザを恨めしげに見ながら、ジルベールは照れくさそうに「嫌じゃなければだけど」と言うので、少し可愛く思えてシャルロットは笑った。

「……シャル？」

「はい。……ジル様」

ジルベールは、自由な人であり、その美しい容姿に反して残酷なほど強く、聡明で、恐れられながらも多くの人間を惹きつけてやまない王太子である。いつも自由な発想で突然、皆を驚かせたりするが他国が攻め入れば自ら軍を率いて戦い、天災が起きれば自ら赴き復興に尽力した。一度でも戦時中の彼を見た者は、その勇猛果敢ぶりに、彼は美しい身体の中に大きな虎でも飼っているのかと口々に言うほどであった。

だが何故かシャルロットには弱く、古くから王宮にいる者を除いた皆はいつもと違う王太子の様子を不気味がった。

「おい……王太子殿下、どうされたんだ？」

「あんな殿下は初めて見たわ、いつもはとても美しすぎて遠いお方に思えるのに……今日はまるでちゃんと年相応の青年のようだわ！」

皆が口々にヒソヒソ話をしていると、急にジルベールの纏う空気がヒヤリとしたものに変わる。それは決してヒソヒソ話にジルベールが気分を害したわけではなく、公爵夫人にしては少なすぎる荷物と、付添人の人数に対してであった。

「シャル、公爵夫人の登城にしては身軽だね？　……公爵は登城する貴女《あなた》にドレスも送らないの？　護衛はつけずに来たの？」

出迎えた王宮の使用人達や、シャルロットについてきたジーナ達にとってそれはとてつもなく恐怖心を煽《あお》るものであったが、シャルロットにとってはジルベールのその氷点下の怒りさえも、よく見知った彼の優しさ故だと分かっているので嬉しかった。彼の凍《い》てつくような雰囲気さえも懐かしく、昔のようにその頬に触れれば、「僕は怒っているんだよ、ほんとに分かっているの？」と笑顔を見せてくれるのだろうかと考えてしまう。

「ふふ、……ジル様、ありがとうございます。すぐ近くなので最小限で参りました。かえってご無礼でしたら申し訳ありません」

「……いや。無礼などではない。セドリックにはいずれ僕から一言言っておこう」

「お兄様、護衛ならちょうど、宰相様がいらっしゃるじゃない」

「お父様ですか？　……？」

「ああ！　なるほど……ちょうどいいね！　誰か、宰相を僕の執務室へ」

「では、私はシャルを案内してから一緒に伺いますわ」

エリザは状況が飲み込めていないシャルロットにパチリとウインクしてから、彼女を貴賓室の中でも一番大きな部屋へと案内した。

部屋に入るなり、数名の侍女と沢山のメイドが待ち構えており、シャルロットより先回りして説明を受けたジーナが「最短でお綺麗に致します」と言った。

そしてその言葉通り、最短で湯浴みと着替えを済ませたシャルロットは持ってきたドレスではなく、何故か白のシンプルだが豪華な細身の美しいドレスを着ていた。

美しい、温かみのあるピンク色の髪は楽に下ろされており、透明感のある肌はきちんと手入れされ、艶《つや》やかさが感じられた。

エリザは水色と白の上品なフリルのドレスに、美しい金髪をハーフアップにしており、いつもの大人な雰囲気に少女のような甘い愛らしさを纏ったその姿はとても綺麗であった。

お互いに素敵だと微笑み合って、王太子の執務室までの歩き慣れた道を行き、執務室へと通された時、中にいた人物を見てシャルロットは驚く。

「お父様！　ノア!?　……お久しゅうございます」

「二人に提案があって呼んだんだ」

抱擁し合うシャルロットと父を美しい優しげな微笑みで見つめながらジルベールが言

うと、シャルロットの父はまるでとても恐ろしい言葉を聞いたかのように顔を青くしてジルベールを勢いよく振り返った。

王国の宰相であるシャルロットの父、フォックス侯爵は常日頃からジルベールの無茶振りを知っているが故に、彼の提案やお願いと言う言葉にとても恐怖を感じていた。

どうやら、ノアの方は内容を知っているのか冷静に控えたままであったが、隠す様子もなく、シャルロットから目線を外さないあたり再会をとても喜んでいるのだろう。

ノアの銀色の髪はサラリとしたショートカットで左側の前髪がもう片側より短めだ。左耳にだけつけている耳飾りはジルベールの右耳についているものと対のものである。これは、それこそノアとジルベールのような身分の大きく違う間柄の者の間では珍しく、義兄弟の誓いを結んだ際に身につける、この国特有のものだ。彼らはこの国の王族と騎士であると同時に、固い絆で結ばれた幼い頃からの親友であり、シャルロットを守る同志でもあった。今も、常にシャルロットを守るために全体に視線を配る彼の群青色の瞳は深い輝きを放っていた。

「殿下、……提案とは？」

見目麗しい娘とその幼馴染達に囲まれた宰相も、歳の割には若く見える。艶《つや》やかなワインレッドの髪を後ろに緩く流し、同じくワインレッドの瞳は鋭い。シャルロット同様整った顔は、若い頃はかなりモテたのだろうと思わせる大人の色香を放っていた。

そんな彼が娘と歳の近いジルベールを相手に顔を青くして、引き攣《つ》り笑いで尋ねるあたり、普段の彼の苦労が窺《うかが》えるだろう。

「王宮内での護衛をノアに任せようかと思って」

キラキラ輝く笑顔でジルベールが宣言した。彼が何か提案し始めるとそれはもうほとんど決定事項だと言うのに、どうかな？　なんて尋ねるのでおかしく感じる。宰相は短く息を吐いた。

「ふぅ、何をおっしゃるかと不安になりましたが……その事でしたら娘の専属騎士に彼を任命致しております。まだ誓いを立てておりませんが、王宮内であれば問題ないでしょう」

黙って成り行きを見るシャルロットとエリザに、ジルベールは彼女らをちらりと見てからノアの耳元で何やら囁く。すると顔を見合わせ二人は挑戦的な笑みで拳同士を軽くぶつけて頷いた。

（もう、お互い遠慮しないって約束覚えてるよね？）

（ああ。どちらも選ばれなくても彼女の心に従うと）

幼いシャルロットの初恋の相手はジルベールであったが、それはあまりにも幼く純粋な想いであった。年齢より大人びているジルベールの「好き」とは異なるもので、それは彼自身も感じていたし、自分の「好き」が彼女を傷つけてしまうのが怖かった。

それに彼は王太子となる身、大人びて見えてもまだ幼かったあの頃は優しく純粋なシャルロットを継承争いや権力の渦に巻き込んでしまうのも怖く、気持ちを伝えられずにいた。

ジルベールよりも自由に行動出来たノアはいつでもまっすぐにシャルロットの側で彼女を支えた。

ノアの初恋の相手も、シャルロットであった。彼女は彼の恋心に気が付いていないものの、ノアを頼りにしていたし、ずっと身近にいる彼にとても心を開いていた。

そんな彼女を見ていたジルベールは大人になるにつれて、彼女はノアに恋をしたのだと勘違いし、親友であり兄弟同様の彼のために身を引き、シャルロットの幼い頃からの初恋の想いを知るノアは、彼女とジルベールのために身を引いた。

その後もシャルロットだけを想いながらも、時にシャルロットに支えられ、時に良き友としてシャルロットを支え続けた彼らであったが……

シャルロットが成人したと同時に、モンフォール公爵家によって突然婚約の申し入れがあり、家格が下のフォックス侯爵家はノーという選択肢のない結婚をした。

ジルベールはふと、当時を思い返して不甲斐《ふがい》なくなった。

(彼女が幸せなら、それでいいと思っていたが……)

(僕が、申し入れていればと何度も後悔した)

そして、まだ少女だったシャルロットは、一線を引くジルベールの態度に自分は失恋したのだと区切りをつけていたのだった。

それからは恋を出来ずにいたシャルロットを知っているノアもまた彼女を大切にしたいがあまり、想いを伝えなかった。

ジルベールとノアがそんなお互いの気持ちを知ったのは、彼女が嫁いでしまった後であった。

本来であれば、セドリックがシャルロットに求婚した時点で二人は侯爵家の者からなり風の噂なりでその話を聞き、酒を酌《く》み交《か》わしながら本心を暴露したのだろう。そうしていればシャルロットの結婚自体は変わらずとも、何かが違ったかもしれない。しかし、当時のノアは国外に留学に出ていた。そして当時の外交は複雑な情勢となっていて、対応に追われていたジルベールは、王に言われて初めて知ったのだ。

「シャルロットにモンフォール公爵が求婚している」

「……なんだって？」

「お前でも、ノアでもなくモンフォール公爵がシャルロットを射止めたそうだと言ったんだよ。明らかな政略結婚だけれど……お前のいつもの奇天烈《きてれつ》な行動でこの婚姻が却下となっても今ならば誰も何も言えないだろう……」

『今ならば誰も何も言えないだろう』、つまり、ジルベールが強引な手段でシャルロットとモンフォール公爵の結婚を阻止しても王は黙認すると言っているのだ。天使のような微笑みで、珍しく国王としての権力を振り翳《かざ》すような発言をする父が余程シャルロットを気に入っているのは知っていた。

けれど、シャルロットが純粋にジルベールを愛してくれていたのと、ジルベールがシャルロットを愛しているのとは少し違う。

ジルベールは彼女に触れたいと思うし、彼女を穢してしまうかもしれない。別段隠しているわけではないが彼女の前での優しいジルベールと王太子としてのジルベールは全く違うと自覚もしている。

人々に、残酷、冷酷だと恐れられる一面を目の当たりにしても彼女はジルベールを愛してくれるのだろうか？　権力や危険が渦巻くこの王宮に引き入れてもジルベールを恨まないだろう彼女は、誰も傷つけず、きっとずっと一人で傷つくのだろう。

それならば、今更彼女の初恋を掘り返さずにあの人畜無害そうな優しいセドリックの元へと嫁ぐ方が幸せなのかもしれない。

公爵夫人だと身分もそれなりだし、王宮よりは気苦労も少ないだろう。

ジルベールのせいで命の危険に晒《さら》される事もない。

シャルロットを危険に晒《さら》す事が怖かった。失ってしまう事が怖かった。彼女の心が離れるという想像だけでこんなにも恐ろしいのに、きっと彼女はジルベールを嫌いも恨みもせず、一人で傷つき抱え込んでしまうだろう事が、何よりも怖かった。それは、ジルベール以外の男が彼女を娶《めと》れば受ける事のない傷であると分かっていた。

自分のせいでシャルロットが不幸になるのが怖くて、ジルベールは、シャルロットがモンフォール公爵に求婚されたという事実を理解した時、自分にとっての一番幸せな未来を諦めた。

「……承認を止めておく必要はありません。シャルが、幸せならそれでいい。では、僕は公務がありますので」

「……そう。ジル、お前にも臆病な一面があったんだね。一生の後悔とならぬように行動しなさい。一度くらいただの父親としてただの息子の我儘《わがまま》を聞くよ。こう見えて私は国王なんだ、なんでも出来る」

「ふっ、珍しく饒舌《じょうぜつ》で、傲慢ですね父上。お気持ちだけ……、それ以上はシャルの幸せのために、もしくは僕に何かあった時のために今は残しておきます」

そう、あの時諦めなければ。

僕の元に嫁いでと、貴女《あなた》を引き留めていれば……

(そういえば母上には『貴方が初めて平凡に見えるわ』と嫌味を言われたな……)

あの日からわずか二年、愛妾《あいしょう》の話をするセドリックの緩んだ顔に、今すぐにでもその首を斬り落としてしまおうかと思うほどに怒りが湧き出た。

彼女が今幸せではないと知り、後悔したからこそ彼女が望めば手を差し伸べようと、そして今度こそきっと伝えるのだと二人は心に決めた。国を離れていたのでシャルロットの結婚を後に知り、帰国早々この状態を知りひどく後悔したノアと、どちらかが選ばれても、どちらも選ばれなくても彼女の幸せを守ろうと誓ったのだった。

「あの……お二人とも、私達も仲間に入れて下さらない？」

エリザが困ったように言うと、二人を眺めていたシャルロットはハッと我に返って、呆れたように二人を眺める父親の袖を摘《つま》んで言う。

「そうです、聞きたい事も話したい事も沢山あるのですから。ね？」

その直後、すぐ側にノアが来ている事に気づいて、シャルロットは目を見開く。

「!?」

「……シャル、ただいま」
　いつの間に移動したのか、シャルロットの前に跪《ひざまず》き、侯爵の袖を摘《つま》むシャルロットの
もう片方の手の甲に口付けをしながら言った。
　シャルロットは、軽く驚きながらも目を細めて眩《まぶ》しいほどの笑顔でノアに「おかえり、
ノア」と言った。
　すると、急に身体が傾きぽすんと誰かの胸の中に収まる。
「おっと、シャル。僕と会うのも久しいんじゃない？」
「じ、ジル様！　……もちろん、会えて嬉しいです！」
「お兄様、放してあげて」
　そう言って恥ずかしそうに顔を真っ赤にして微笑んだシャルロットを放そうとしない
ジルベールをエリザが宥《なだ》めて引き離すと、エリザは急に真剣な表情をして皆に言った。
「七日間、沢山遊ぶのはもちろんですが……出られる茶会と夜会には積極的に参加し、
シャルロットの名誉を挽回致します」
　そして彼女は続ける。
「まずは実家との絆を証明するために宰相様にエスコートしていただいて、茶会では私
との結びつきを皆に知ってもらいます。彼女の貴族としての足場を固めた上で、公爵家

とはあくまで対等な話し合いで彼女の気持ちを尊重した答えを出していただきましょう。……まぁ、話が通じればだけれど」

エリザは、彼女自身の価値と周囲との結びつきをきちんと見せた上で、シャルロットは公爵家からの不当な扱いを受け入れていないと周囲にアピールするつもりであった。

（いくら公爵といえど、王家の後ろ盾があるとなれば侮《あなど》れないでしょう）

「エリザ……皆、ありがとう、私ちゃんとセドリック様と話し合いたいわ。でももう、彼を今までと同じように愛せないの、お父様……ごめんなさい」

侯爵はそっと娘を抱きしめて、皆に向き直って頭を下げた。その口調は、宰相や侯爵としてのものではなく、シャルロットの父親として、彼女の幼馴染達に向ける、ここだけのものだ。

「公爵家と、対等に渡り合うには今娘の状況は良くない。皆様にご協力をお願いしたい。どうか、宜しくお願いします」

時は少し遡る。シャルロットを放置してラウラを偏愛する生活は、決してセドリックの本意ではなかった。

シャルロットを王宮へと見送る日だというにもかかわらず、その日は朝から次から次へと運ばれてくるドレスを真剣に見つめるラウラに付き合わされていた。

（エリザ王女殿下が直々《じきじき》に来られると言っていたし……早く準備を整えなければ）

ラウラは、邸《やしき》で第二夫人として振る舞うには何も持っていないので、邸《やしき》の外に出た際に他の婦人方に馬鹿にされ、平民だと虐《しいた》げられていると泣いていた。

セドリックには連れてきた責任があるので、必要なものを買っていいと言うと何故か今日に限って沢山のデザイナーや宝飾店の者が出入りした。

「ラウラ、これから見送りに行かないといけない。少し席を外すよ」

「そんなっ、セドリック様がいないと皆に見下《みくだ》されて……安物を買わされるかもしれませんっ、どんなものが良いのか分からなくって……どれも同じに見えてしまうもの……」

そう言って一番高級なルビーを手に取るラウラはきっと潜在的に、いいものを見る目が備《そな》わっているのではないかと考えながら、仕方なく彼女に付き添って、ギリギリでシャルロットを見送る事となった。

ラウラの無礼をシャルロットに償わせる形となって申し訳ないが、彼女が王女と親友である事は、上位貴族でなくても周知の事実でありあの場で機嫌を損ねた王女からラウラを無事に救う事が出来るのは彼女しかおらず、仕方がなかった。そう、たとえどんな条件であってもセドリックに拒否権はなく、あの場では公爵である自らよりもシャルロットにしかラウラを救う力はなかったのだ。

ただの王女殿下の息抜きに付き合うという条件だったのはかなり寛大な処置であり幸運だった。

だが、王太子殿下はとても危険だった。

表立って指摘する者は誰もいないが、彼はきっとこの国に沢山いるシャルロットを愛でる男の一人だ。公式の場でもその瞳はいつもシャルを捉えていた。

あの気高く美しい王太子は、自由で残酷ながらも決して他人を見下ろす事のない押し付けがましくない優しさで他人の心を掴む方だ。その上で、ある一定のところで線引きをして誰も寄せ付けない、決して手の届かない高貴で魅力のある人物だ。

なのに、我が妻《シャルロット》に対してだけ、まるで恋をする青年のような笑顔を見せるのだ。

そして、シャルロットもどことなく彼に心を開いているような気がしていた。

王女と仲が良いのなら、王太子と仲が良くてもおかしくはない。

(流石に気のせいだろうか)

セドリックは公務でジルベールとはよく会うが、シャルロットの話をしても特別変わった反応をされた事もなくいつもの笑顔を崩された事はない。それにジルベールからシャルロットの話を聞いた事もなかった。

結婚後にこれほど長くシャルロットを邸《やしき》から出すのが初めてで、神経質になりすぎているのだろう、とセドリックは自分に無理矢理言い聞かせ、思考を切り替える。たとえ七日間離れようと行き先は王宮、きっと無視出来ない茶会や夜会もあるだろう。彼女には会えるはずだ。

口惜しい事に、今のセドリックは、シャルロットの事だけを考えていられない問題を抱えていた。使用人達のラウラに対する礼儀だ。

シャルロットがいない今、皆をまとめる者がおらず、執事長でさえもあからさまにラウラを嫌悪していた。

使用人達の家よりも遥かに家格の低い彼女に対して仕えるのはプライドが許さないのだろうか、その対応に頭を抱えていた。

シャルロットがいるだけで安らぐのに対して、ラウラは甘く刺激的な女性であり、自尊心を満たしてくれる存在でもあったが、正直この邸《やしき》に連れてきてからは無知すぎる彼女に疲れてしまう部分もある。

「ラウラ、その格好は!?」

「奥様もいないのだしいいでしょう？　セドリック様のために着たの……」

彼女はドレスというにはお粗末な薄い生地で大胆なデザインの安っぽいドレスを着て

無邪気に微笑んだ。

（まるで、下着のようだ……人前で見せていいものではないな）

「いや、君は何を着ても可愛いのだが……そういうものは私の前だけにしてくれないか？　君がもったいないよ」

そう言うと頬を染めて潤《うる》んだ目で見つめてくる。

「じゃあ、このまま……奥様の部屋で愛し合いましょう。セドリック様は奥様ばかり可愛がるから……証明してほしいのです」

そう言って今にも泣きそうな表情で怒るラウラの肩にジャケットをかけて、執事長や侍女長の制止も聞かずに、シャルロットの部屋へと急いで押し込んだ。

（このような姿の女性を人目に晒《さら》すわけには……何故このような事を……シャルロットに嫉妬しているからか？）

シャルロットの王宮行きで頭がいっぱいだった自覚はあった。

心の中で愛するシャルロットに謝りながら、彼女の香りのする部屋でラウラと愛し合うのは何故だかいつもより気持ちが高まった。

（シャルロットの香りがするからか……？）

そうして、我に返った時には既に遅く、今度は、シャルロットの代わりは嫌だと泣き喚《わめ》くラウラに慌てて愛を囁きながら、自分のしでかした事に顔を青くした。

「私にセドリック様の子が出来れば……みんな、私を認めて下さるかしら？」

腕枕をされながら、そう言って愛おしそうに呟く彼女を何故か、その瞬間だけは恐ろしく感じたのだった。

（ああ、シャルロット……、私はなんて愚かな事を……）

だが、翌日のラウラの態度はしおらしく、昨日の事をひどく後悔し瞳に涙を溜めて懺《ざん》悔《げ》した。

嫉妬したのだと泣いて後悔するその姿はとても、いじらしく、ラウラをどうして恐ろしく思ったのかと分からなくなってしまうほどであった。

だが、シャルロットを慕う者が多いこの邸《やしき》で彼女は昨日の行いにより針の筵《むしろ》となり湯浴み中に虐《いじ》められたと言う彼女の身の安全のためにメイドを数名解雇する事態にまでなった。

そして、セドリックのその行動がラウラへの寵愛故に、彼女に逆らうとどうなるのかを見せしめるためのものだとして、誤って使用人達に伝わってしまう。結果、意には反するがモンフォールの邸《やしき》の使用人達は誰もラウラに逆らえなくなっていった……

初めの弱々しく純真なイメージはやがて崩れて、ラウラはセドリックのいないところではだんだんと傲慢に振る舞うようにない、我儘《わがまま》で使用人を困らせたり、気に入らない使用人を虐《いじ》めるのをエスカレートさせていった。

もっと、もっとと沢山の事を要求するようになりだんだんとモンフォール公爵家を蝕んでいった。

（まだまだ足りないわ、早く正妻にならないと……）


シャルロットが王宮に来てから二日目、彼女は公爵家とは程遠い、ゆるりとした朝食の時間を過ごしていた。

テーブルを囲むのは、昨日謁見したばかりの国王夫妻、ジルベール、エリザ、といった豪華な顔ぶれにもかかわらず、シャルロットはとてもリラックスしていた。

それどころか二年近くいた公爵家よりも、王宮での生活の方が、ぴったりと身体に馴染むような感覚さえもしていた。

（とても、安らかな朝だわ。こんなのは久しぶり……）

「シャル、貴女《あなた》はすごく痩せたようだよ。これも食べて」

肉を切り分けてシャルロットへとあげるジルベールの優しい姿に国王と王妃は目を疑った。

愛おしそうにシャルロットだけを見つめては嬉しそうに、甲斐甲斐しく世話を焼くジルベールの姿はその場のエリザを除く全員にとって新鮮な光景であった。

（このようなお兄様は久々に見たわ）

「シャル、そういえばモンフォール家の侍女長から使いが来ていたわ。……マルス、手紙を持ってきて下さる？」

エリザが侍従にそう伝えると、すぐにシャルロットの元に届けられた手紙は確かにモンフォールからのものだった。

侍女長に何か問題があった時のために連絡役を頼んでいたシャルロットは、手紙を開いてすぐに、彼女に任せておいて良かったと胸を撫で下ろした。

「どうかしたの？」

「……何か問題が？」

エリザとジルベールが即座に声をかけると、シャルロットは「大丈夫です、邸《やしき》でどうやら些細《ささい》な問題があったようで、朝食中に申し訳ありません」と微笑んだ。

「シャル、僕がすぐに済ませよう。出来る事は？」

ジルベールが悠々とした笑みでそう言うと、シャルロットは遠慮がちに答える。

「では、ひとつだけ……この手紙に書かれた内容について、お父様と話す時間をいただけませんか？」

「もちろんだよ、ね、父上？」

「あぁ。登城したらすぐに伝えよう」

「それだけ？　僕ならすぐに処理出来ると思うんだけど」

心配そうにしながら恐ろしい含みを感じる台詞をいうジルベールに皆は苦笑したが、シャルロットは安心したように微笑んだ。

「ジル様が味方でいてくれるだけで、充分です」

「……っ、そう」

シャルロットの笑顔に頬を染めたジルベールはその顔を皆に見られぬよう、急いでティーカップに口をつけた。笑みを深めたシャルロットは、エリザに促され、改めて手紙の内容を語る。かいつまんで言えば、ラウラの愚行によって理不尽にクビにされた侍女達を助けてほしい、との事であった。

「今は一時的に侍女長と執事長によって保護されているのだけれど……」

「それなら、侍女達は王宮で引き取ろう。貴女《あなた》の側仕えをしていた者達なら信頼に値する、ちょうどシャルが連れてきた者達が少ないと思っていたんだ、持ち場が決まるまではシャルの侍女をすれば良い」

ジルベールの言葉に、王妃が即座に同意した。

「まぁ、それなら安心ね！　あなた、良いんじゃないですか？」

「今回のシャルロットの不遇な扱いへの対処には、ジルに全ての権限と責任を預けている。確認する必要はない。すぐに使いを送ろう。エリザとシャルロットは茶会を楽しんできなさい」

王がそう言って頷く。彼の肩まである長い金髪はきらりと輝き、人とは思えぬほどに端整な顔つきはジルベールと瓜二つである。年齢を感じさせないその容姿は美しい。それに並ぶ王妃も艶《つや》やかな金髪を綺麗にまとめており、端整な顔はもちろん、どこか愛らしさすら感じる年齢不詳の青灰色の瞳はエリザとよく似ていた。

「そうね、お父様とお母様もこう言ってくれているし……私達は茶会の準備をしましょう！　お兄様、任せてもいいのね？」

「あぁ、元々ノアには別件で公爵家に向かうよう、伝令用の鷹を飛ばしておいたんだ、どの道今日から彼も侯爵と登城する。ついでに保護してもらうよ」

使いを送る準備があるのだろう、ジルベールは即座に席を立って歩き出す。エリザの後ろを通り過ぎる際に立ち止まって耳元でヒソヒソと何かを伝えると、エリザが呆れた顔をしてから「そうなると良いわね！」と笑った。それをジルベールは鼻で笑う形で返して、シャルロットの頬に触れるだけのキスをしてから「父上、母上、お先に失礼致します」と優雅に礼をして部屋を出ていったのだった。

息子の行動に、手を頬に当て、まぁ！　素敵ね！　と何かを感じ取ったように言う王妃と、困った奴だとどことなく嬉しそうな国王。彼らはエリザとシャルロットとゆったりとした朝食の時間を過ごしたのだった。

（ジル様ったらほんとうに予測の出来ない方だわ……心臓の鼓動が速い……）

そう思っていたシャルロットも、食事が終わる頃にはすっかりと落ち着いている様子だった。

「ふぅ……久しぶりに、とても穏やかで楽しい朝食だった……感謝しないと」

深く深呼吸して嬉しそうに言うシャルロットを、エリザもまた嬉しそうに見てくる。

「私達もシャルが来てくれてとても楽しいわ。さぁ、もうすぐノアと侯爵が来るわよ！」

「そうね、茶会の準備もあるのだし。まずは二人に会ってから、お茶を楽しむ事にしましょう！」

公爵家の侍女達をどうするか、話し合うための部屋にシャルロットとエリザが訪れた時には、男性陣は既に揃っていた。

「少し遅くなりました、申し訳ありません」

「シャル、エリザ。これで揃ったね。それでは侯爵、説明を」

「殿下のご配慮で、これからも公爵家内部の者に助けが必要な時は我が侯爵家も動けるよう、公爵家内部の者とノアが双方の窓口となる」

ノアは元々シャルロットが王宮に来る事を知らず、シャルロットに仕える前に一足先に、一日会いたいのも相まって前もって公爵家へと挨拶に行く予定があったため、ちょうどそれを利用する事にしたのだった。

「まずは自分の家門である伯爵家の名義で公爵家内部の者からの手紙を受け取り、その後皆様に手紙の内容を直接ご報告致します」

「ノア……貴方もありがとう。では今日はノアは公爵家へ行くのね」

心配そうに目を伏せたシャルロットの表情を見てノアは、一言、侯爵に小さく謝罪をした後、シャルロットの両手を大切そうに包み込んで自分の手ごと口付けた。

「シャル、心配しなくてもいい」

「公爵と、ラウラ夫人に気をつけてね……」

すると、執務机に座っていたジルベールがクスクスと笑って、勝ち気な微笑みでシャルロットに言った。

「僕も、ノアもあいにく目が肥えていてね。花を見た後に草を愛でる事は出来ないだろう?」

ふっと小さく笑って頷いたノアをきっかけにとうとうエリザは笑い出してしまう。

「そうね、ノアもジル様もお美しいものね……」

間違った方向に納得する娘と報われない男達に思わず侯爵も噴き出してしまうのだった。

そしてエリザは、先程の兄の言葉を思い出しながらノアに「強敵ね」と困ったように言ったのだった。

『いずれ僕の妻になるのだから、王宮に彼女の使用人も必要だろう?』

付き合いの浅い男にシャルロットの幸福と未来を託すほど臆病だった兄はもういない。ジルベールは正々堂々と、セドリックから初恋の人を奪い、ノアにも先を越されないよう全ての覚悟を決めたのだ。

男性陣と別れた後、エリザとシャルロットは、王宮派でもあり、婦人達の間でも噂の最高級のブランド、エクセルシオールを手がけるミズール伯爵家のユリアンヌ夫人のお茶会に参加していた。

「まぁ、素敵な庭園ね……」

「本当にいつ来ても目を奪われるわ！」

二人で庭園に感動しながら、温室へと向かっていると挨拶に来てくれたのだろうかミズール伯爵が現れた。

「王女殿下、モンフォール公爵夫人、此度は招待に応じて下さり光栄に思います。妻もこの先にてお待ちしておりますので、どうかごゆるりとお過ごし下さいませ……」

ミズール伯爵は優しげな少し歳を取った男性で、ミズール伯爵夫人とは歳の差があるので、祖父のような雰囲気で二人に優しく微笑んだ。

「ありがとうございます、ミズール伯爵」

「こちらこそ、感謝致しますわ」

二人が微笑むと、その美しさに伯爵だけでなく使用人達までもが息を呑んだ。

庭園の先へ進むと温室の中にサロンがあり、もうほとんどの婦人が揃っているようであった。お茶会には似つかわしくない緊張感が漂っている。

「ご機嫌よう、皆様。遅れて申し訳ありません」

まるで合わせたかのように揃って言った二人を見て、ユリアンヌ夫人は優しく笑ってみせた。

「まぁお可愛らしい！　こちらこそ、お二人がご参加下さり、光栄に思いますわ」

シャルロットは綺麗なカーテシーをして顔を上げると、緊張感のある空気の原因であろう彼女と目が合ってしまった。

「奥様!!　わぁ〜っ！　こんなところでお会いするだなんてっ！」

キャッキャと騒ぎ出すラウラは一国の姫かというほどの豪華な宝飾品で着飾っており、まるで夜会にでも出るかのような艶《つや》やかなドレスを着ていた。

「ラウラさん……お元気そうで何よりです」

エリザが積極的に社交の場にシャルロットを連れ出したのには彼女の名誉挽回以外にもうひとつの理由があった。

シャルロットは現在、公爵によって邸《やしき》に囲われている事と、優しすぎる性格故に侮《あなど》られやすい立場にある。本来持つ彼女の芯の強さと聡明さを皆に思い出させたかった、そしてシャルロットにも自信を持ってほしかった。

(彼女は自信を失っているわ……フォックス侯爵令嬢である事を思い出させてあげないと)

「奥様もっ、……あっ！　今は私も夫人でしたね！　シャルロット様でいいのかしら？」

主催者の挨拶も待たずに、一人でペラペラと話し始めるラウラとそのあまりにも無礼な話の内容に皆が凍りついていた。そもそも、いかに邸内《やしき》では第二夫人扱いを受けていようとも、セドリックはまだ重婚の申請をしていないため、今の彼女は変わらず公爵の愛人でしかないはずなのである。

「セドリック様ったら、私一人で手一杯のようでぇ、奥様には寂しい思いをさせていると心配されていましたのよ」

と、わざとらしく心配した風に言うその言葉はシャルロットを陥《おとしい》れるには充分だった。

ミズール夫人が話を切り替えるため、ひと睨みしてからラウラを諌《いさ》めようとすると……

「あら……モンフォールを名乗るならまずはマナーを身につけないといけないようですね。このように、公爵家の『お客人』が醜態を晒《さら》してしまっては旦那様のお顔に泥を塗ってしまったかしら……？　ですが、どうかここは……私に免じて皆様、今日の事は胸中にお納め下さいませ……」

シャルロットの発言に、てっきり嫁いでからというもの自信を失っているのだと思い込んでいた夫人達は驚いたが、顔を真っ赤にして「私が、醜態ッ……」と怒りに震えるラウラを見てすっきりしたようで、クスクスと笑い始める。

「ミズール夫人、お騒がせをして申し訳ありません……」

「夫人、私からも謝罪致しますわ」

シャルロットに続き、エリザがそう言うとミズール夫人は、少しだけ眉尻を下げて左右に首を振りながら、クスクスと笑う皆をたしなめる。

(美しくて、身分も遥かに高いというのに礼儀正しいお二人ね)

内心でシャルロットとエリザをそう賛美しながら、ラウラをチラリと冷めた目で見てミズール夫人は挨拶をした。

「いいえ。では、やっと始められそうですね、ご挨拶致します……」

それからは大人しくなったラウラを気にする事なく、楽しく雑談し、お茶を飲んで有意義な時間を過ごした。

どうやらシャルロットとセドリックの仲が気になる様子の婦人達ではあったが、ミズール夫人が上手く牽制してくれていたので純粋に楽しむ事が出来たのだった。

それがつまらないラウラはとてもご立腹な様子で、途中で席を立ってしまった。

「申し訳ございません……作法がなっていないようで……」

シャルロットが困ったという表情で言うと、皆優しく受け入れてくれた。

「貴女《あなた》も彼女の被害者ではありませんか！」

「あのような下品な女性、公爵様もすぐに飽きますわきっと！」

「ちょっと貴女《あなた》……」

「いえ、気にしませんわ」

シャルロットが柔らかく微笑むと、皆見惚れたように彼女を見つめてしまい、それを見てエリザはクスクスと笑った。

シャルロットはとても勉強家で話題も豊富であったため、すぐに会話の中心となり、ミズール夫人ともとても打ち解けた様子であった。

そして、その突出した美しい容姿も素直な性格も婦人達はすぐに好きになった。

「あら……皆様もシャルの事を好きになって下さったようでとても嬉しいですわ。私にとって姉妹同然ですの」

エリザの言葉に皆が頷いて、ミズール夫人はホッとしたように言葉をゆっくり紡いだ。

「以前から、シャルロット様の事は存じておりいつかお会いしたい方でした。ですが……大変失礼なのですが、心配しておりました」

「心配……？」

「ご結婚なされてからは、世間から徐々に離れてしまわれ……シャルロット様の事は多くの者が知っておりますが、決して自分の意志で邸《やしき》に閉じこもってしまうお方ではないはずだと。夫婦とは、妻とは絵画や彫刻のように飾っておくものではありません」

シャルロットははっとしたように軽く目を見開き、まっすぐにミズール夫人を見た。

他の婦人方も、シャルロットを優しく見つめており先程の皆の話をふと思い出した。

パーティーでは他の方と踊る事もあるだろう。その際には夫にも一言声をかけるが、後で嫉妬をしてしまう夫が可愛いのだという夫人の話だった。

(セドリック様は基本的に全て断ってしまわれるし、どうしても断れなくて他の人と踊ると帰ってから叱られてしまうのよね……)

また、妻としての社交や公務も日頃こなして、一日の終わりに今日はどんな日であったのかを夫と話す時間が安らぎだと言った夫人がいたが、セドリックはいつもシャルロットに人をつけており、シャルロットがどこで何をしているのか常に分かっている上に、ほとんどの外での公務や来客の対応は省かれており、夜は話す事がないのでセドリックの話を聞いているだけなのだ。

些細《ささい》な事だが、元々夫婦としての問題点があったのだと気づけた。

「私……、今日皆様とお話出来て本当に良かったです」

「ふふ、私はまだ未婚だから皆様のお話がシャルのためになったようで嬉しいわ」

「シャルロット様、貴女《あなた》はこの国でも指折りの高貴な女性なのだとお忘れにならないで下さい」

「そうです！　あの……私ずっとシャルロット様に憧れていて……！　シャルロット様が始められた慈善事業への寄付にも夫と共に力を入れております！」

「シャルロット様がパーティーに来られないと、ドレスに流行が起こらなくて寂しいですわ」

シャルロットは日に日に失っていた自信を取り戻していくような、枯れかけた草木が水を与えられるような気がした。

「シャル、貴女《あなた》は誰であったのか思い出したでしょう？」

「エリザ……皆様、ありがとうございますっ」

茶会が上手くいかなかったラウラは大変立腹して、馬車で公爵邸へと戻っていた。

彼女はどうしても、エクセルシオールのドレスが欲しかった。

だが、エクセルシオールのドレスは誰もが着られるわけではなく、そのドレスに見合うと認められた者だけが作ってもらえると言う。

ミズール家が手がけるブランドのうち、老舗ミズールは、ミズール家が伯爵にまで上り詰める入り口となった靴のブランドであり、こちらも現在では最高級の靴ばかりを扱う店であるが、お金があれば手に入った。

平民出で、セドリックとの結婚が認められてもたかが第二夫人であるラウラがエクセルシオールのドレスを手に入れるにはただお店に行くだけでは当然、無理な事だと考えた彼女は公爵に頼み込んでミズール伯爵に口添えしてもらった。

ラウラはあの場で必ずミズール夫人の支持を得なければならなかった。

(私が何をしたというの!? 皆で馬鹿にして……っ)

いつかシャルロットにドレスを作ろうと思い、ミズール家にはかなりの出資をしたし良い付き合いもしていたセドリックは伯爵に口添えし、渋るミズール夫人を説得させ、ラウラをミズール夫人の茶会に参加させたのだった。

もちろん、王国一の美女で、完璧な淑女であるシャルロットであればセドリックがそのような根回しをしなくとも喜んで作ってもらえるであろうドレスだ。

セドリックはラウラの我儘《わがまま》を聞くために、そのコネをふんだんに使う事にしたのだった。

(セドリック様になんて言えばいいの!? 私ほど、可愛い女を見てあんなに冷たい目をするなんて! 黙ってドレスを作ればいいものを!!)

「クソッ、早く帰って!!」

御者に八つ当たりをしながら、やっと到着した公爵邸をドスドスとはしたなく歩きながらセドリックの執務室へと向かうラウラ。

——そして、モンフォール公爵家では一人の騎士が険しい顔をした公爵と向かい合っていた……

「君が……ハリソンフォード卿だね」

「セドリックさまぁ……っ！　あのね……あれ？　お客様ですか？」

ラウラはその目を疑った。

セドリックは確かに美丈夫だが、浮世離れしているというほどではない。

だが、この目の前にいる騎士であろう男はその銀色の髪は美しく、深い群青色の瞳も吸い込まれそうなほど美しい。端整な顔はその強い眼差しを更に魅力的に見せていた。

（こんな綺麗な男、初めて見たわ……だけど騎士なら公爵より身分は下よね……）

「ああ。ラウラ……茶会は上手くいったかい？」

「その……それが……っ、シャルロット様がいて……私を馬鹿にしたのです!!　そのせいで皆の笑い者になってしまって……っうぅ」

「可哀想なラウラ……シャルが……そんな事を……」

ノアはシャルロットの名前に一瞬反応を示したが、この場ではラウラの言葉に反論する事は控えた。ただ、内心で彼女の浅はかさに呆れただけだ。

「公爵様、本日はご挨拶に伺っただけですので。これにて失礼します」

ノアがそう言って部屋を出ていくと、ラウラはそこが自分の定位置であるかのように公爵の膝に座る。子供の様に泣き真似をしながらシャルロットの悪口を少し吹き込んだついでに、先程の騎士の情報も引き出し、疲れたから眠ると適当に上手くセドリックの気を逸らして部屋を出た。

（シャルロット様の騎士ですって？　彼の事も譲ってくれないかしら……）

急いで邸宅内を捜すとノアがちょうど帰るところなのか、一人で玄関の方向へと歩いていた。

「あっ、あのノア様っ!!　シャルロット様の騎士として公爵家に来られたと聞きました……っその……シャルロット様はとても意地悪で、とてもノア様のような美しい方が仕えるべき人とは思えません!!」

なんとも頭の悪そうなラウラの言い分に、ノアは心の中でイラッとした。

そのまま何も言葉を発さないでいると、ラウラは何を勘違いしたのか、気分を良くしたように擦り寄ってきた。

「おやめ下さい。モンフォール夫人」

「なッ!?　……っ大丈夫よ、旦那様は寛大なの。このくらいで怒ったりしないわ……今私に見惚れていたでしょう。私の騎士にならない？　シャルロット様より私の方が旦那様に可愛がられているし、出世にも繋がるわ」

「勘違いされては困ります。私は、フォックス侯爵家の騎士です。モンフォール公爵様は私の出世に関係はありません」

「けれど、落ち目のシャルロットよりは私の方がいいはずよ！　この際公爵家に来て私の騎士になりなさい」

「残念ながら、フォックス公爵邸へは自ら志願しました。そうでなければ、王宮騎士団への入団が決まっております」

それは、どう転んでもモンフォール公爵邸へは来ないと言う事であった。

出世を望むならば尚更、公爵邸を選ぶわけがないからだ。

すると、ラウラは悔しそうに顔を歪ませてからため息をついて目の前の扉を開けると同時にノアの手を思いっきり引いた。そして空き部屋へと連れていく。

「……っ!?」

「仕方ないわね……ここなら誰もいないわ」

「何を？」

「貴方が望むものよ。セドリック様が公務を終えられる前に済ませれば大丈夫よね……」

突然迫ってきたラウラに顔を顰めたノアは扉のノブに手をかけたが、逃すまいと絡まりつくラウラが気持ち悪く顔を青くした。

「大丈夫よ、きっと貴方も私を好きになるわ」

ラウラは生まれて初めて見る、美しい男をどうしても手に入れたかった。

そして、ノアの美しさは何故かシャルロットを連想させて、ラウラの自尊心を傷つけた。

(どうしてこうも私より美しい人間がゴロゴロと出てくるの？　どうせ、ただの男よ。それでもシャルロットにはもったいないわ)

するとラウラの予想を裏切ってノアは心底軽蔑したような顔でラウラを見下ろして、軽く突き飛ばした。

「俺に……花を愛でたこの目で、草を愛でろというのですか？　……どうしてそんな勘違いが出来るんだ。アンタじゃ彼女の足元にも及ばない。……吐き気がする。失礼するよ」

「……!!　アンタ！　ただの騎士がそんな口を叩いていいの!?　私は平民だったけれど、今はモンフォール公爵夫人よ!!」

「アンタではない、ハリソンフォード伯爵だ。少なくともまだ正式な夫人ではないアンタより身分は上だ。そちらこそ、敬意を持って接して下さい」

そう言い残して、部屋を出たノアの背をラウラは怒りとシャルロットへの憎しみで歪んだ顔で睨みつけていた。

（なんで、あの女ばかり……ッ）

茶会を無事に終えたシャルロットとエリザは王宮へ帰って各自、自室で休んでいた。

王宮に来てから働きっぱなしであったジーナ達にも休憩をする時間を取ってほしかったので、一人になりたいと伝え彼女達には休憩に行ってもらいシャルロットが部屋で読書をしていると、ノックが聞こえた。

護衛達が通したという事は王宮の者か、父くらいであろうと扉に向かって返事をする。

「……どうぞ」

「シャルロット、僕だけど、入ってもいいかな？」

扉を控えめに開いて顔を出したのは王太子ジルベールであった。

「ジル様、どうされたのですか？　……どうぞ入ってっ」

シャルロットは少し慌ててドレスと髪を整えてから、自らドアを開いてジルベールを招き入れた。

「いや、シャルに会いたくてね」

悠々とした微笑みで言うジルベールにシャルロットは頬を染め、少し膨《ふく》れて言う。

「もう、ジル様。私じゃなければ勘違いしてしまいますよ」

幼い頃から恋焦がれた彼は、シャルロットに決して妹のような感情以上を持ってくれる事はなかった。彼は想い人がいると言っていたし、きっと叶わぬ恋なのだろうと気持ちに蓋をした。無理に関係を進めようとしたり気持ちを伝えたりすると、友人として、幼馴染としても関係が崩れてしまうのではないかと怖くて伝えた事はなかった。

それなのに、久々に会った彼は、まるでシャルロットを愛おしいと言いたげな目で見つめてくる。

シャルロットは混乱していた、心の奥底に閉じ込めた気持ちがじわりと温かくなる。

「僕はシャルになら勘違いされたい、……勘違いでもないんだけど」

「……ジル様、からかわないで」

(きっと、冗談を言っているのよ)

どうにか話題を逸らそうとして、何かを伝えようとするジルベールを遮る言葉を探した。ちょうどいい話を探すうち、ふと、今より若いジルベールの姿を思い出す。

彼は昔にも一度だけ、何かを伝えようとしてくれた事があった。その何かは結局伝えられないまま、シャルロット自身もずっと言いたかった事を伝えそびれた……

あれはいつの事だっただろうか、と不思議そうな顔をしたシャルロット。そんな彼女を見たジルベールも、とある記憶を思い出す。それは期せずして、シャルロットが思い出そうとしているものと同じ日だった。

彼が立太子してすぐの頃であった。当時のジルベールは、シャルロットへの恋心を伝える機会を窺《うかが》っていた。だが、それは継承権を持つとある貴族の小さなクーデターに巻き込まれた事によって二度と紡がれぬ言葉となったのだ。

◇◇◇

「ジル様っ！　ノアが待っているわ！　早く行きましょう」
「すまないね、エリザは授業があるんだって」
「ちゃんと手紙をもらいました。大丈夫！　ジル様にエリザの分もお祝いしてもらうからっ！」

あの日はシャルロットが十歳になった日であった。

誕生日パーティーの準備を抜け出してジルベールを迎えに行ったシャルロットと、授業を早退してこっそり王宮を抜け出したジルベールは手を繋いでフォックス侯爵邸で合流する予定のノアの元へと急いでいた。

「ジル様が立太子されたお祝いだってまだでしょう？　夜まで待てないわ！　ノアと三人で先に小さなパーティーをしましょう！」

その日の警備に手抜かりがあったわけではない。抜け出したといっても侍女や家庭教師といった一部の人間には抜け出すための計画を話し、協力を取り付けていた。だから正確には、侯爵家の者も王家の者も、知っていて見て見ぬふりをしてくれたのだろう。シャルロットとジルベールが乗り込んだ馬車は、人数こそ抑えていたが護衛として充分な者が乗っていた。しかし、数が少ない事こそが問題だった。

道中、あっという間に取り囲まれた馬車は、見覚えのある貴族達の率いる武装した男達によって数を頼みにこじ開けられた。

ジルベールが咄嗟に馬車を開けた男の剣を奪い、次に入ってきた男の剣も奪った。しかし、当時のジルベールとシャルロットは、生まれ持った才能に加えて、ノアの父親である騎士団長自らの教えを受けて腕が立つと称賛を受けてはいたが、わずか十歳と十二歳であった。

成人を待たずにあまりの若さで立太子されたジルベールの王としての資質を危惧《きぐ》して行動を起こした者達の策のない勢いでの仕業であったが、まだ幼い二人にとって数十人の男達は充分強敵であった。

「シャル、僕だけが狙いだ。逃げて、誰かを呼んできてくれる？」

「いいえ！　ジル様と戦います。御者は侯爵邸の方角へ逃げました！　じきに助けが来るはずです」

「シャル……っ、ダメだ！」

そう言い合っている間にも馬車を開ける男を次々と斬っていくジルベールは「仕方がない」と顔を歪めて一瞬、触れるだけのキスをシャルロットにした。

「もう知ってると思うけど……僕は……」

そう、言いかけて、やめたのだ。

「馬車がもつ限りは馬車の中から応戦する。シャルは僕の背中を守って。この馬車はじきに壊されるだろう」

「……っ、分かりました！」

そう言ってボロボロになりながら戦い続けてしばらくすると、すぐにやってきたノアと両家の騎士団によって呆気なく制圧された。

幼くして沢山の命を奪う事となってしまったジルベールとシャルロットを大人達は心配したが、ジルベールは「僕のせいでシャルを失わなくて良かった」と微笑んだだけだった。決して余裕ではなかったはずだが、年相応に泣き出したり、言い訳をしたりせずにジルベールは王太子として堂々と振る舞っていた。

シャルロットはジルベールの全身を確かめて、「無事で良かった」と大泣きした。辺りを見渡し、斬った男達を見て「ごめんなさい」と更に涙を流す。ジルベールはそんなシャルロットを抱きしめようとして、やめた。彼の両手は、シャルロット以上に赤く染まっていたからだ。

(僕は、きっとこれからも彼女を傷つけるだろう)

「ノア……」

「ジル、良かった……、シャルも無事だよ。二人とも、無事だ」

力なく俯《うつむ》いたジルベールの両肩を掴んで、落ち着かせるように言ったノアの手は綺麗だった。ノアとて才能ある騎士候補なので既に人を斬った経験もあるはずだが、綺麗に見えた。

(少なくとも、ノアの手はクーデターに罪なきシャルを巻き込む者の手じゃない)

「ジル様? ノア? ……取り乱してごめんなさい。ジル様、守ってくれてありがとう」

シャルロットはそう言って涙を赤い手で拭《ぬぐ》った。彼女の頬についた血の痕《あと》は、まるでジルベールの手でシャルロットを穢してしまったような罪悪感と恐怖を覚えさせた。

(僕は斬った者を馬車の破片同様に踏んで、処理を指示した。シャルは斬った敵に謝罪

し、涙を流したのに)

ジルベールは今まで、自分の判断を悔やんだり迷ったりした事はなかった。冷酷だと言われている事は知っていたが、自ら自身をそう感じた事は皆目ない。たとえそうだったとして、いずれ父の跡を継いで王になる者として必要な事だと思っていた。この時も、後悔をしたわけではない。ただ、シャルロットに想いを告げるという事は、穢れを知らないシャルロットを血と悪意にまみれた世界に引きずり込む事と同じだと気づき、愕然《がくぜん》としたのだ。

「ジル様、さっきはなんて言おうとしたの?」

だから、彼女の無邪気な問いかけに、真実を答える事が唐突に怖くなった。

「いや、なんでもないよ。シャルが大切だからずっと守ってあげるよって言うつもりだっただけ」

「……そうですか」

シャルロットは線引きを感じ、ジルベールは彼女を遠ざけた。

(あの時に戻れるならば、僕はきっと迷わず伝えるのに。貴女《あなた》を蝕む全てからきっと守るから、僕と結婚してほしいと)

(あの時に戻れるのなら、私はきっと貴方に伝えるのに。ジル様が好きだと。どんな時

も貴方の側にいたいと）

そう伝えていれば、未来は変わったのだろうか？

そんな事がふと頭をよぎる二人はしばらく見つめ合っていたが、ジルベールがはっと我に返って心配そうにシャルロットに尋ねた。

「……シャル、本当に離縁するの？　……その、セドリックを愛していないのか？」

「……好きになっていたわ、少しずつ、愛せていると思っていたんです。なのに、こんな事に……もう、彼を愛せないわ」

「……もし、子を宿していたら？　男児であれば公爵家が食い下がる理由になるだろう。僕なら、貴女《あなた》を守って……」

「……あっ」

勢いのままに喋っていたジルベールは、シャルロットの真っ赤になった顔を見て驚いた。

「いや！　すまない、下世話な話を。その……貴女《あなた》がよければそうなっても、子ごと僕が貴女《あなた》を……その、シャルとシャルの子であれば僕は……」

慌てて何か、気の利いた言葉を探すが上手くいかない。頬を染めたジルベールは珍しくとても焦った様子で言葉を探していた。

「……っないの」

シャルロットはジルベールの言葉を遮って真っ赤な顔で、恥ずかしそうに言った。

「シャル、なんて？」

「まだ、一度も、ないのっ。公爵夫人になって二年近くだというのに、恥ずかしくって。言い出せなくてごめんなさい……」

フリーズしたまま無言のジルベールに、シャルロットは目尻に涙を溜めて続けた。

「女性として求められない事が、貴族の妻として役割を全う出来ない事が恥だと思って言えなかったの……けれど離縁すると決心してちゃんと伝えないといけないと思って……私達は白い結婚なの。知っているのはエリザとジーナと一部の使用人だけです。もしかしたらラウラさんも知っているかもしれませんが……」

「で、ではシャルはまだ誰のものでもないと……？」

「はい……。離縁に有利になるはずです」

ジルベールは込み上げる安堵と喜びを隠しきれず、恥ずかしさに俯《うつむ》くシャルロットを抱きしめて、ほっとしたように深くため息をついた。

そして、いつもの勝ち気な笑顔で「そうだね、簡単に終わるよ」と言いながらシャルロットの首元に触れるだけのキスをした。

「……っ、ジル様っ!!」

「……決して恥ではないよ、あの程度の男に貴女《あなた》を捧げなくて良かった。貴女《あなた》は人だ。人形ではない。邸《やしき》に閉じ込めたって心は手に入らないし、純潔だから美しいわけでもない」

ジルベールはそこまで言ってシャルロットを放し、きちんと誠実な距離をとって席に着くと、宰相、つまりシャルロットの父から聞いた話を彼女に伝えた。

シャルロットの父は、婚姻後に急に社交に消極的になったシャルロットを不自然に思い、モンフォールとセドリックについて調べていた。

セドリックも、彼の父も、異常なまでのシャルロットのマニアで彼の父親が住む領地の邸《やしき》にはシャルロットに関するものだけで埋め尽くされた部屋があるらしい。そして二人とも、乙女であるシャルロットにこそ最も価値があると考えていた。

娘と夫は白い結婚であるはず、離縁には有利だが娘の心労はいかばかりか、とジリアンは肩を落としていた。

が、ジルベールはそれは信じていなかった。手を出していないはずがない、と。

（我慢出来るわけがないと思った。こんなに美しい人を妻にして……）

そして、セドリックは彼女なしでは生きていけないようなシャルロットを理想としている。

独占欲と執着心が強く、そして欲深かった。

「愛人を娶《めと》ったのは、やはり欲望には勝てなかったという事だろう。自分は好き勝手に欲を発散しておいて、シャルに対しては無垢なままである事を求めている。セドリックなしでは生きられなくなり、セドリックの思うがままに服従する事を望んでいるんだ。それ以外は愛と認めないだろう。馬鹿な男だ。……理解に苦しむよ」

「セドリック様が……？　意味が分からないわ……」

「あぁ。にわかには信じられないだろう。シャルの父君も調べるのに苦労していたようだ。シャルが王宮に来た日にようやく彼が僕に助力を求めてくれたから、父君に手を貸せた」

「ジル様……私、どうしたらいいのか……」

「彼を愛してるなら止めない。だけど……幸せじゃないのなら」

ジルベールはそれ以上、何も言えなかった。

今は傷ついた彼女の心を掬《すく》い上げる事だけを考えようと、心に決める。それはシャルロットのためであり、彼女の幼馴染であありジルベールの親友でもあるノアのためでもあった。

（ノア、抜け駆けはやめておくよ。まずは彼女を自由にしないとね）

「間違いなく、公爵家は難癖をつけて離縁をさせまいとするだろう。でも…大丈夫。僕に任せて」

ジルベールは、自分の立場が彼女を苦しめるのだと思っていたがそれは違った。シャルロットはいつでも強く、まっすぐな女性であった。ただ、自分が恐れていただけなのだと、彼女はきっと自分が思っているより強いのだと、たった数日で自尊心を取り戻したシャルロットをすぐ近くで見守って知った。今は自分の立場であるからこそ、守る事が出来るのかもしれないと。

そして、シャルロットはまるで自らの意志の固さを示すようにしっかりと力強い眼差しでジルベールを見つめ、はっきりと口にした。

「私、離縁します。白い結婚を証明します」

決心をしてしまえば、心は軽くなるものでとても清々しくも感じた。

王宮での生活はとても快適で、エリザとお茶やパジャマパーティーをしたり、ノアと剣を交えたり、ジルベールと馬に乗って駆けたりと様々な事をしてゆっくり過ごした。

エリザと主催したお茶会では、ミズール夫人を含め令嬢や夫人達が沢山参加し、最近のシャルロットに関する噂で持ちきりとなった。噂と言っても、セドリックとの噂ではなく、シャルロットが社交界に戻ってきたというものだ。決して引退したわけではなかったが、戻ってきたという表現は今まで自分らしさを失いかけていた彼女にぴったりの表現であった。

セドリックの束縛から解放されたシャルロットはもう、誰も簡単に侮《あなど》る事など出来ないシャルロット・フォックスであった。強さや権力をひけらかさない。思いやりのある、分け隔てのない人との接し方は沢山の人の好感を得た。かつてのシャルロットの派閥は、彼女の結婚以降散り散りとなっていたが、シャルロットとエリザを中心にまたひとつとなり完璧な貴族派……王家ではなく貴族を中心とした政治を行うべきという派閥……を除いた王宮派の淑女達はまた更にまとまりを強くした。

そして、シャルロットは相応な扱いを受けているだけにもかかわらず、とても皆に感謝し、自らもまた自信を取り戻したのであった。

(モンフォール公爵夫人としてではなく、ただのシャルロットを支持してくれている皆様がいるのね……私は今までなんて狭い視野だったのかしら)

そしてその様子を一番喜んだのはエリザであった。

「どんな貴女《あなた》も好きだけど、シャル、貴女《あなた》らしくいてね。じゃないと貴女《あなた》の笑顔を曇《くも》らせた奴を殺しちゃうわ(お兄様が)!」

豪快に笑ったエリザの発言に驚きながらも、更に自信を得たシャルロットであった。

そしてエリザとシャルロット主催のお茶会が行われた翌日の夜にとある邸《やしき》で仮面をつけて参加する舞踏会が開かれる事となり、招待された四人は参加する事にした。

エリザとシャルロットは、まるで仲の良い姉妹のように形状のよく似たドレスを纏ったが、二人ともダイヤを沢山ちりばめたマーメイドドレスがよく似合っていた。エリザの真っ白なドレスはもちろん、シャルロットの黒のドレスもかなり高価なものだ。

「まぁ見てあのお二人、どこの御令嬢かしら？　とても素敵だわ！」

「貴女《あなた》、まさか本当に分からないの!?」

「あの方々はきっと王女殿下とモンフォール公爵夫人よ！　あれほど美しい方はそういないわ！」

貴族達の中で仮面などあってもそう意味はなく、シャルロットの珍しい髪色とその瞳は隠しきれない輝きを放っていた。

モンフォール家が愛妾《あいしょう》を第二夫人にしたという話は既に広まっており、結婚してもなおシャルロットの美しさにその心を奪われたままの子息達は、いつ声をかけようかと、会話を楽しむふりをしながらも彼女達から目が離せないでいた。

多くの子息達がチャンスを窺《うかが》う中、勇気ある一人の若者がまず、エリザに声をかける。

彼女は何やら二、三言ほどシャルロットと話してから若者の誘いを受け、親友を見送ったシャルロットは飲み物を受け取りに行った。子息達は一瞬、シンとしてからシャルロットへとその視線を向ける。そこに先んじて声をかける者がいた。

「シャルっ？」

シャルロットはその声を聞くだけでビクリと一瞬固まってしまうが、すぐに気を取り直して堂々とした所作でゆっくり振り返った。

「あら、そうだとしたら？　仮面の意味がありませんわね、モンフォール公爵」

「あっ、失礼致しましたレディ。久々に愛する妻に会えたと思ったもので」

そう言ってセドリックがダンスを申し込む仕草をとった瞬間、割り込む声がある。

「お前の『愛する妻』は邸《やしき》で待つ愛人の方だろう？　人違いでは？」

仮面越しにも分かるその青空を閉じ込めたような瞳は光を放って、キラリと透き通る金糸のような髪は、どの貴族とも違う紛う事なき王家のもの。ジルベールだと即座に察しがつく。

セドリックは奥歯をギリッと鳴らして、仮面の下で眉間に皺を寄せた。

遠回しな言い回しを好む貴族にしては率直で自由な発言だが、王太子としての有能さは国民だけでなく多くの貴族達からも支持を得ている。彼に心酔している者も多く元々先先代から王宮派のモンフォール家にとって彼に楯突く事は得策ではなかった。

「いえ、レディがあまりに似ていたもので……」

「彼女は僕の妹の同伴者でね、返してもらってもいいかな？」

ジルベールの笑顔は仮面越しにもとても美しいが目が笑っておらず、セドリックも言葉を返そうと思った瞬間、本人も予期していなかった事が起きる。

見知った、緩やかな癖のある艶《つや》やかな黒髪がシャルロット達の視界の端、入口の方に見えた。誰かがそこで入場を止められている。白い肌によく合う真っ赤なドレスは大きく胸元が開いており、派手な仮面に宝石、とても淑女とは思えない所作、そして……

「いけません、招待状をお見せ下さい」

「夫が来てるの！　私は妻で同伴者よ！」

会場の入り口からでも聞こえるほどのはしたなく大きい声で会場に入れろと主張する女性。

「……っ!?　……ラウラ……」

彼女のお披露目は大きな夜会でと決まっているため、まだ正式な夫人ではない彼女がこのような限りなくプライベートに近いパーティーにはまだ参加出来るはずもなく、同伴されなかったのを不満に思ったようだった。

すると会場の者達が、セドリックにチラリ、チラリと視線を向け始める。ラウラも彼らの視線の先に誰がいるのか気づいたのだろう、よく通る声で「セドリック様っ！」と叫んで、止める人達を振り払ってこちら側へと駆け寄る。

淑女達は、もう馬鹿にする事も忘れてしまうほど呆気に取られていた。紳士達の視線は憐れみを含んでセドリックへと向いていた。

「セドリック様っ！」

ラウラがセドリックに駆け寄ると同時に、会場に大きな鐘の音が鳴り響き、誰かが「仮面を取る時間だ!!」と嬉々として声を上げた。

皆が仮面を外し始め、シャルロット達の後ろから歩いてきたエリザも仮面を取る。彼女がジルベールの肩に手を添えると、彼も「あぁ」と仮面を外した。仮面を外しながらこちらへ来たノアがシャルロットに、この後に起こるだろうひと悶着に対して諦めたように笑うと、シャルロットも「仕方ないわね」と仮面を外した。それにならってセドリックが仮面を外すと、ラウラは周りを見渡してから「お化粧が無駄にならなくて良かったわ！」と仮面を外した。

（それにしても……この騎士といい、この金髪の男……なんて美しいの!!）

「あ、あの、セドリック様、こちらの方は?」

「あぁ……、王太子殿下であらせられる。失礼のないように」

「わぁ～!!　すごいわ！　初めて見ましたわ!!」

「ラウラ……っ！」

目の前のシャルロットにも、一度会ったはずのエリザやノアにも挨拶をする事もなく、その豊かな胸を強調するような格好で「ラウラと申しますっ」と潤《うる》ませた瞳で急にしおらしくジルベールだけに自己紹介をした。

「そう」

目線だけでラウラを見下ろすその氷点下の雰囲気に負ける事なく、ラウラはノアに「この前ぶりですね～」と話しかけていた。セドリックは収拾のつかない醜態に、オロオロとシャルロットの顔とラウラとジルベールを順番に見るだけであった。

「申し訳ございません、王女殿下、王太子殿下、ハリソンフォード伯爵。彼女は、近く私の第二夫人となるラウラでございます。まだ作法が完璧ではなく……無知ですが、とても天真爛漫で心の綺麗な女性なんです」

「へぇ……コレが？」

「あら、お兄様失礼ですわ。……ごめんなさいね、ラ、メ、ラさん、兄は正直な人なの」

「ラ、ラウラです!!」

「ではラウラ夫人……王女殿下とシャルロット夫人に挨拶もなしとは無礼では？」

ノアが表情を崩さずに、セドリックにそう言うとセドリックは顔を引き攣《つ》らせてから、急いで謝罪する。

「申し訳ありません、妻の無礼の責任は私達にあります」

「私達？　それはお前と、誰の事を言っているの？」

ジルベールが怒りを含んだ目でセドリックとラウラを見た後、視線でシャルロットを指し示す。立ち位置としては、ジルベールとノアでさりげなくシャルロットを守る形であり、更にシャルロットの隣でエリザが彼女に寄り添う形である。

「知らぬようだが、私達は皆幼い頃からの友でね……」

ジルベールに睨まれ真っ青になったラウラ以外は、流石は高位貴族と王族。はたから見れば微笑んで談笑しているようにも見えるセドリックと四人。だが確かにジルベールから感じる軽蔑と怒りはセドリックを焦らせるには充分であった。更に言葉の刃を畳みかけようとするジルベールを、シャルロットがそっと制する。

「殿下、私なら大丈夫ですわ」

その言葉に矛を収めたジルベールに、エリザも声をかける。

「では、お兄様、私とシャルはお先に失礼致しますわ」

「待ってくれ、シャルロット」

慌ててセドリックが引き留めようとするが、シャルロットは取り付く島もなかった。

「邸《やしき》へ戻りましたらきちんとお話ししましょう。……どうぞお楽しみ下さい」

「殿下、私達も……」

ジルベールにノアがそう促すと静かに頷いて軽く挨拶をしてからその場を離れた。

（何なの!?　あの女ッ、いい男と王女にちょっと守られてるからって澄ました顔して!!　王太子ですって!?　あんたの帰ってくる場所なんてないわよ!!）

去り際にノアとジルベールがシャルロットを気遣うように覗き込んで、両側から彼女を窺《うかが》うように手の甲に口付けると、その仕草と絵面の美しさに会場は沸いたが、ラウラとセドリックだけは睨みつけるように彼らを見つめていた。

シャルロット達が去った後、セドリックと共に庭へと移動したラウラはまるで被害者のように喚《わめ》き始めた。

「シャルロット様、ひどいわ！　いつも仲間外れにして……セドリック様だってシャルロット様に話してお披露目をしてくれるって言ったのに……なかなかして下さらないからっ!!」

豊かな胸を揺らして、床に崩れ落ちるラウラはドレスのスリットから白い脚を投げ出し、大粒の涙を流した。流石と言ったところか、偶然を装った大胆な姿はセドリックだけではなくその場にいた子息達の欲望を刺激した。

夫婦仲が良くないとの噂はあれど、シャルロットは高嶺の花でありセドリックの正妻。対して、ラウラはあくまで第二夫人である。手の届きそうなラウラのその色香は生々しく彼らの欲望に期待を持たせて、過《あやま》ちを妄想させるものであった。欲深い男や、王宮派を蹴落としたい貴族派の者達は揃って、「ラウラ夫人がお可哀想だ」とラウラの機嫌を取り始める。

セドリックとて腐っても公爵、下心の目に晒《さら》されるラウラを宥《なだ》め、馬車に乗せようとしたが、彼女は泣きながら走り去ってしまった。

(あぁむしゃくしゃするわ！　美丈夫でも掴まえて発散しないと！)

そして迷い込んだ先に、休憩室らしき場所、そこには一度見たら忘れられない美しい金髪の王太子がいた。

(シメたわ)

「……っ、助けて！　王太子様ぁ！」

ラウラはドレスの肩をずらして、彼の座るソファに走り彼の膝下に倒れかかった。

ジルベールはかなり剣の腕が立ち、生半可な護衛を置くとかえって足手まといになってしまうため、今夜は護衛兼友人として同伴しているノア以外誰も側に置いていない。加えて、ある程度爵位のある騎士が必要な問題が会場で発生したため、渋るノアを言いくるめて送り出し、王族用の休憩室で一人で待っていたのだ。

「……。離れて」

「っ……私、セドリック様にも怒られて、乱暴をされました！　シャルロット様はいつも私を貶《おとし》めるから……つい意地になってしまって……！　本当の私はあんなに愚かな女じゃありませんっ！　どうか、私を救って下さい……っうぅ」

「乱暴？　貶《おとし》める？　にわかには信じられないな。そうだね、まずは……」

ジルベールは美しい仕草で目線を落として、自身の太ももに添えられたラウラの手を見ながら、どこか恐怖すら感じる笑顔で言った。

「ソレ、不敬で切り落とされたくなければ離してくれない？」

ジルベールの雰囲気に、ゾクリと背中を震わせて慌てて手を離すラウラは自分の身を守るように己を抱きしめてその胸を強調させた。

「……あの、本当なんです。シャルロット様はいつも私を無視したり、意地悪をして……沢山のドレスを買っては公爵家のお金を沢山使います」

「ふーん。どうして僕が古くからの友人のシャルロットより、お前を信じると思うの？」

「それは……っ、貴方達が騙されているから！　私達は同じ被害者です‼　だから……」

「ありえないね。そうだとしても……お前の選択肢は、市井《しせい》に戻るか、公爵夫人として
このまま過ごす事だよ。僕に出来る事はない」

ラウラは俯《うつむ》いてわなわなと怒りで小刻みに震えた。

（なんで靡《なび》かないの、平民だから？　外見は負けていないはず……）

「あ。それと、あまり外見を過信しないで所作を磨いた方がいい」

「それは……どういう事でしょう？」

「さぁ？　僕にアドバイスを求めているの？」

足を組んで鼻で笑ったジルベールのその傲慢な態度さえも美しくラウラはどうしても彼を欲した。

人ではない何か、とても美しい生物を眺めているようにも感じた。ぞくりと身体中がざわついて、自然と瞳が潤《うる》んだ。感情のない、最低限の愛想だけ貼り付けた笑顔ですらこんなにも美しいのだ。もし、この人に愛されたならどれほどの幸せを、優越感を得られるのだろうかと身震いした。

「アドバイスよりも、……殿下、私には慰めが必要です……っ」

視線を恥じらうように逸らしてドレスをスルリと片方ずらして、彼の脚に頬を寄せて

しなだれかかった。

（色仕掛けか……）

「頭悪いなぁ」

ラウラには聞こえない声量でぼそりと呟く。ノアの足音が早足で近づいてきているのを聞き取り、彼の気配を近くに感じると目の前のラウラを軽く足で蹴飛ばして引き離した。

「きゃっ！」

「……ノア。遅い」

「申し訳ありませ……殿下、これは？」

ドレスをはだけさせ、床に座り込むラウラを見て眉をひそめたノアに、興味ないと言いたげな様子でジルベールは指示する。

「ただの災難。どっかにやってくんない？」

「悪魔祓いでもお呼びしましょうか？」

「……ふざけないでさっさとつまみ出してよ」

「ぁ……貴方達、私をなんだと……屈辱だわ!!」

顔を真っ赤にして、休憩室をドタドタと逃げるように出ていったラウラのキツイ香水の残り香が二人の気分をより一層害した。

「ふぅ、アレが公爵夫人とは……」

「んー……。『公爵』ねぇ」

読み取れないジルベールの表情に、ノアはまた何か突拍子もない思いつきに巻き込まれるのではないかと我が身を案じた。


舞踏会で大恥をかいたセドリックは、ラウラをたしなめ自宅での謹慎を命じたが、そんなセドリックの監視の目をかいくぐるのはラウラにとっては簡単であった。セドリックにとっては、舞踏会で見たシャルロットとその周囲の方が余程気にかかる事柄だった、という事もある。

シャルロットの自分への態度と、未だに婚約者候補すら決めていない王太子がシャルロットを見るあの視線……セドリックはかなりの苛立ちと不安を感じていた。

(私の目は誤魔化せない。シャルを欲する男など死ぬほど見てきたんだ)

セドリックはシャルロットの黒いドレスに映える透き通るような白い肌が上品なダイヤモンドに飾られて輝くあの姿を思い出していた。

(あぁ、早く、早く、私なしではだめだと言ってくれシャル。そしたら君の全てを私のモノに出来るのに……）

悦楽の表情で執務室の椅子にかけるセドリックはふと、一瞬ラウラの艶《つや》やかな赤のドレスを思い出した。

「やはり、赤が好きだな。ラウラには似合わないと思っていたが……彼女もなかなか良い」

そんな考えを察知したかのように、執務室の扉は開け放たれた。

「あ、あの……セドリック様、怒ってる？　……私、反省したの。貴族の妻らしい事出来なかったから、でもセドリック様の役に立ちたいんです……」

うるうると瞳に涙を溜めて言ったラウラの手にはティーセットがあった。

ぎこちない動きでお茶を淹《い》れた彼女はどことなく元気がなく、セドリックが声をかけると、ぽろりと涙をこぼした。

「私……愛妾《あいしょう》だと侮《あなど》られているの……奥様が帰ってきたらきっと、追い出されるわ……だから怖くてっ」

そう言って床に崩れ落ちたラウラに慌てて駆け寄ったセドリックは、殊更《ことさら》に優しい表情を浮かべて笑う。

「大丈夫だよ、シャルは優しい女性だ。でも……そうだね、すぐに正式に婚姻書を提出して、ゴシップ屋を呼んで君を夫人として発表しよう」

「いいの？　奥様だって不在なのに……。セドリック様……私、嬉しい。この前はごめんなさい……皆に意地悪を言われて気が立っていたの」

「あぁ、私も悪かったよ、事情も知らずに……」

そして数時間後、出たゴシップ記事の一面に書かれていたのはラウラを夫人として迎え入れた公爵家と、その婚姻書を手に写されたセドリックとラウラの白黒の写真だった。

国中の者が驚愕し、公爵家の妻が不在中と知る王宮の者達はこの愚策に怒って、シャルロットの風評を案じて論議していた、白い結婚を証明する手続きを取り急いで完成させたのだった。

そして同日、王宮には、翌日王宮で行われる今年一番の大きな夜会……王国の建国を祝う夜会のための王女のドレスが届いていた。

「うん、いいわ！　ありがとう。お父様に感謝をお伝えに行くわ！」

上品だが、ふんだんに宝石とレースの使われた、淡い水色のドレス。エリザは、父親からの愛情がこもったそのドレスを、キラキラとした笑顔で嬉しそうに抱きしめていた。

「それと、シャルのドレスもお願いしなくっちゃ！　ふふっ」

エリザは悪戯《いたずら》を思いついた子供のような顔で言ったのだった。

一方シャルロットは王宮から公爵邸へ帰る日も近く、セドリックからドレスを贈られるのかも分からないので、既製品を買いに出かけようと準備をしているところだった。

「……ノア？　いる？」

街に行くための動きやすい服装を選んで袖を通し、部屋から顔だけ覗かせると、ノアはいつも通り廊下で護衛に励んでいた。声をかけると近づいてきてくれたため、部屋に招き入れる。

「あぁ。……今日もよく似合ってる」

「ありがとう！　じゃあコレで決まりね！」

「……」

何かもの言いたげなノアをじっと見つめるシャルロットが、とうとう痺《しび》れを切らして「どうしたの？」と言うとノアは言いにくそうに、「平気なのか……？　帰っても」と一言だけ尋ねた。

「……分からないわ。でも、貴方も一緒だし、今は味方も沢山いるわ！」

舞踏会を境に、貴族派達がラウラを支持し始めた事は知っている。先程王宮にも届いた新聞の婚姻記事によって、次の夜会では本格的に王家に反発する勢力から支持され囲われるであろう。

既に、侍女長からの手紙には貴族派の出入りが記されており……セドリックとラウラが夫婦の寝室で行った事もオブラートに包まれて書かれていた。

「一度は帰るとしても、私の最終的な居場所は公爵邸ではないわ。だから、きちんと話をします」

日時的に夜会へは王宮から向かう事となるので、その後の話し合いになるだろうと考えていた。

「シャル、お前さえよければ、王宮から帰った後、伯爵邸に来ればいい」

「ありがとう、でもダメよ？　貴方にもきっと婚約者がいるでしょう？」

正直、ノアが側にいない事はシャルロットにとってとても不安な事で、ノアが留学して同じ国にすらいない日々は、身体を半分削《そ》がれたかのような日々でもあった。

だけどその日々は確かに必要だったのかもしれないと今は思っていた。

「私が恋に破れた時に黙って側にいてくれたのも、街で暴漢に囲まれた時背中を守ってくれたのも、いつも貴方だったわね、ノア。ふふっ、私がお転婆だったから、貴方には苦労をかけたわ……でも、もう大丈夫よ。騎士としては頼りにするけど、そうでない時は婚約者を優先してあげて」

「……シャル」

「なぁに？」

「俺に婚約者はいない。ずっと、想っているのはシャルだけだ」

シャルロットはとても驚いた。シャルロットにとってノアはかけがえのない幼馴染だった。とても大切な存在で、いわば家族のような存在だったため、恋愛対象として見た事はなかったのだ。ノアもそうだと、当たり前のように思っていた。しかし、違った？

彼にジルベールの事を相談していた時も、いつも？

それならば自分はノアにどれほど残酷な事をしてきたのだろうか。

「ノア、私……貴方にひどい事を……っ」

「それは承知で、側にいたんだ」

「……ノア、私……」

「分かってる、返事はすぐにじゃなくていい。俺にも心の準備が必要なんだ」

困った顔で笑ったノアが切なそうに見えて、シャルロットはぐっと込み上げた涙を堪えた。

お互いに、依存と言っても過言ではなかったほど、なくてはならない存在であった。

エリザやジルベールは簡単に王宮を出られない分、ノアとシャルロットは二人で過ごす時間も多く、国中から注目を浴びて常に気を抜けないシャルロットにとってありのままを知るノアは心の支えでもあった。

（私はノアをどう思ってる？　ノアを愛している？　もしくは、愛する事が出来る？）

シャルロットは悩んだ。幼い初恋は甘く痺《しび》れるようなドキドキとするものだったが、ノアにそのように感じた事はなかった。セドリックに関しては、政略結婚だったので、努力して彼を少しずつ愛していこうとしていた。

「そうさせた俺が言うのもなんだが、あまり、気に病まないでほしい。どんな形であれ、俺はお前の味方だし、友だ。側にいるよ」

ノアはシャルロットの頭をポンっと撫でて「さぁ、行こう」と荷物を手に取って扉へと歩いていってしまった。

「ノア……」

ノアが一歩先に部屋を出ると、壁に背を預けて大きな箱を抱えたジルベールがいた。どことなく居心地が悪そうに「悪いね、偶然なんだ」と微笑んだ。

「ジル」

「ノア、もちろん僕達もシャルロットがどんな選択をしようとずっと親友で義兄弟でしょ？　僕も抜け駆けをしに来たんだ、気にしないで」

少し可愛く笑ったジルベールに、ふっと小さく微笑んで、ノアは「そうだな」と言って室内でボケっとしているシャルロットを振り返った。

「シャル、どうやらドレスは必要なくなったみたいだ」

部屋に残っていたシャルロットは、ノアだけでなくジルベールの声がしたような気がして、何故かジルベールに聞かれてはいけないような気分になった。

ノアの気持ちはとても嬉しいし、恋愛感情かどうかは分からないが少なくともノアはシャルロットにとって当たり前に側にいた、必要不可欠で大切な存在である。

けれども、さっきの話をジルベールに聞かれてしまったかもしれないと思うと何故か悪い事をしているような気分になる。

(別に、ジル様は私を妹のように大切にしてくれているだけなのに)

思わず硬直してしまったものの、ノアの柔らかい瞳と目が合って状況を理解しようと頭を働かせる。

(考えすぎよね、ジル様にとってはなんて事ない出来事だわ)

どうやらドレスはいらないようだというノアの言葉の意味が分からず、「どうして？」と返す。すると、箱を抱えたジルベールが室内に入ってきて、「今は、大丈夫かな？」とシャルロットに申し訳なさそうに笑った後、言葉を続ける。

「どうやら公爵邸にドレスが届いたようだ、王族を凌《しの》ぐほど高価なものらしい」

「では、その箱は……」

「いや。どうやらそのドレスは第二夫人が着るようだよ。公爵邸に届いたドレスは一着だったと……そして、偶然にも貴女《あなた》にぴったりなドレスがここに」

芝居がかった仕草でジルベールがシャルロットへと差し出した箱には、貴族達が憧れるエクセルシオールの文字とメッセージカードが添えてあった。

～　シャルロット様へ　～

公爵夫人としてではなく、元より私が憧れる一人の女性、シャルロット様自身に敬意を込めて贈ります。故に家名の省略をお許し下さいませ。

今年一の夜会のために、作ったドレスは三着のみ。王妃様、王女様、そしてシャルロット様、貴女《あなた》へです。

ドレスは鎧、貴女《あなた》の笑顔は誰もが認める王国一の美しき宝。

時に笑顔は武器ともなり得るでしょう。

貴女《あなた》の幸せを蝕む憂いが晴れ、その笑顔が守られますように……

どうか、貴女《あなた》の幸せが側にある事をお祈りしております。

～　ユリアンヌ・ミズールより　～

じわりと胸が温かくなった。ミズール夫人の優しさが、言葉がシャルロットに勇気を与えてくれるようだった。可哀想なモンフォール公爵夫人ではなく、シャルロットを知り、彼女を個人として美しい女性だと言ってくれた。

強くならなければならないと感じる。両隣から二人の柔らかな雰囲気を感じて更に感情が込み上げた。

「まぁ……っ、なんて言ったら良いのか……」

「これなら、こんな高価なものは受け取れないとは言えないね」

ジルベールがいつもの勝ち気な笑顔で言うと、ノアもいつもの真顔で念押しした。

「この国でこのドレスを着られるのはシャルルだけだ」

「……ありがとうございますっ‼」

まるで天から差し込む光のように美しく、輝かしいほどの笑顔で言ったシャルロットに見惚れ、固まった二人を不安げに見たシャルロットは「何か、無礼を？」と、不安そうに尋ねた。

「あ……いや、全く！」

「……うん、シャルが嬉しそうで僕も嬉しいよ」

裾の薄紫から徐々に温かみのある夕日のようなピンクのグラデーションになっているドレスは前側より後ろ側が長くなっており、透け感のある上品な生地を重ねたドレスの所々には、彼女に似合う珍しい高品質のピンクダイヤモンドが飾られていた。

ドレスを眺めて嬉しそうに目を細めるシャルロットが可愛くて、ジルベールとノアが目を離せないでいると、「あら！　素敵なドレスね！」とエリザが目を輝かせて入ってきた。

「皆ここにいると聞いて！　……実は、シャルに贈り物をしたくって」

効果音がつきそうなほど、意気揚々《ようよう》と出した小さめの箱を開いて、シャルロットに見せた。

「……綺麗っ‼」

箱にはドレスと同じ色使いの靴が一足入っており、こちらにもエクセルシオールと記されていた。どうやらエリザは、ジルベールがシャルロットにドレスを贈ると知って、ならば自分は靴をと思ってくれたらしい。

「気を利かせて、シャルのドレスに合わせてくれたのね！　きっと似合うわ」

「ありがとう、エリザ！　……ほんとのほんとうに」

「お礼を言うのはこちらの方よ、貴方の社交での働きはほんの少しの間でもこんなにも効果を出したわ！　貴女《あなた》のおかげで新興貴族のほとんどは王宮派よ。それに、貴女《あなた》がお兄様を推していると公言してくれたおかげで、お兄様の人気は増すばかりよ！」

「ああ、新興貴族だけでなく古くから中立派である三分の二もの貴族が僕を支持すると表明した」

シャルロットが茶会や王宮に訪れる貴族達と積極的に言葉を交わした甲斐があって、あっという間に王宮派の貴族が増加した。それは父と同伴したシャルロットの博識でユーモアのある会話や、その心身の美しさによって集めた票でもあった。

「そんな……大袈裟よ、でも……お役に立てたのなら良かった」

やっぱりありがとうを言うのは私の方よ、とエリザに抱擁したシャルロットに、エリザも嬉しそうに微笑んだのだった。そして突然、エリザはノアをチラリと見る。

「それは、いつ渡す気かしら？」

ノアは表情こそ変わらないがどこか照れた様子で、「タイミングが分からなくて……」と呟いた。そのままシャルロットにポンッと小さな箱に入ったプレゼントを雑に手渡す。

「これは……」

シャルロットがお気に入りの宝石店の名前が入った箱だ。開けると、彼女にもドレスにもよく似合う、金とピンクダイヤモンドで造られたシンプルだが存在感のあるネックレスと耳飾りが入っていた。

「似合うと思ったんだ」

「わぁ……とても美しいわ！　……ありがとう。ノア！」

そう言って微笑んだシャルロットに頬を染めたノアを見て、クスクスとからかうようにエリザは笑った。

「私……何も用意してないわ。もらってばかりで……」

「いいのよシャル、辛い事があった分、良い事もないといけないわ！　今年の、王国の建国を祝う夜会では今まで以上に輝くのよ！」

その言葉に大袈裟に頷いた二人と、エリザの言葉にシャルロットは少しだけ笑って、とても幸せそうに嬉し涙を流した。大好きな幼馴染三人と、陰ながら自分を見守ってくれていた人からのプレゼントで臨む夜会だ、これ以上心強いものはない。

「……っ楽しみね！　エリザに引けを取らないように、頑張って輝かなくっちゃ!!」

エリザはまだ準備が残っているために「また後で」と言って部屋を後にした。

ノアもフォックス侯爵と会場の護衛についての打ち合わせ業務があるらしく、シャルロットに軽く抱擁すると名残惜しそうに打ち合わせに出かけていった。

ジルベールもきっと多忙だろうと、見送る体制で扉の前に立つシャルロットだったが全く動き出す様子がない。笑顔のジルベールと、不思議そうに微笑むシャルロットが見つめ合う形となった。

「あの……ジル様は」

「シャルは、街に出るところだったんだよね？」

「ええ、ですが必要がなくなりました」

それもこれも、ジルベールがシャルロットのドレスを用意してくれたおかげだ。

本人も周囲もドレスにかかるお金を誰が出したかなどという無粋な事は言わないが、シャルロットは気づいていた。エクセルシオールのブランド価値を考えると小国であれば国ごと買えるであろうドレスの素材を自費で準備出来る人間は限られるし、そんな額の国費を王族でもないシャルロットのために出せるはずがない。そもそも、王宮や侯爵邸ではなく、ジルベールに箱が届いている時点で、彼のポケットマネーから出ているのだろう。

（本人が『偶然』と言ったのだから、ここは黙っているべきよね……金額の事に触れずにお礼を言うくらいは許されるかしら？）

きっと、まだ形式上は公爵夫人であるシャルロットに堂々とドレスを贈るわけにもいかないジルベールと、シャルロットのために良いドレスを用意したいと考えてくれたミズール夫人との目的の一致があったのだろうと理解したが、そのさりげない気遣いが余計に嬉しかった。

「ありがとうございます」

シャルロットが嬉しそうに、ドレスを横目で見ながら言うとジルベールは彼女の手を取って小首を軽く傾げ、とても愛らしい表情で言う。

「じゃあ、僕と少し息抜きに行かない？」

「息抜き？」

「ああ、昔のように危険な目には遭わせないから。だめだろうか……」

ジルベールは少し頼りなく瞳を伏せる。

そんなジルベールに何故かシャルロットは胸がきゅっと軋《きし》んだ。

「い、いえ！　……ちょうど準備もしてしまったので」

「なら、良かった！」

まるで近頃のジルベールは本当にシャルロットを愛しているかのような態度で、シャルロットの心の中は期待と理性に掻《か》き乱されていた。

（何を今更、ただ気を遣ってくれているだけよ）

もし、万一本当にシャルロットを愛してくれていたとしても、既婚者、更には傷物となるであろうシャルロットとジルベールでは到底釣り合わないのだと自分に言い聞かせて、嬉しそうに微笑んだジルベールに微笑み返した。

「でも……ちょっと美しすぎるね」

「へ？」

「僕も、シャルも」

悪戯《いたずら》っぽく笑ったジルベールはローブを準備させ、それをシャルロットに着せて自らも羽織った。

「これなら、バレない。深く被っていれば大丈夫だよ」

準備の良さに驚きながらも笑うシャルロットに、ジルベールはさも当然のように「僕達の髪は美しすぎて目立つからね」と言うのでシャルロットはとうとう声を出して笑ってしまうのだった。

「ふふっ、ほんとですね。ジル様は髪だけじゃなくって瞳も隠さないとバレてしまうわ。とても美しいもの」

「……シ、シャルだって、その、容姿だけではないのだけど、とても美しいよ」

彼はどこに行っても賞賛される上に自画自賛する事も多いものの、シャルロットにだけは褒められると心臓がドキドキと速まり、顔が熱くなるのだった。

シャルロットもまた、ジルベールに褒められると昔から顔を真っ赤にしてはにかむのであったが本人は気づいていないようだった。

「あら、舞踏会で令嬢方に褒められても『そんな事はもう知っている』と言うのに今日はなんだかとてもジル様がお可愛らしく感じるわ……」

「シャル……、勘弁してくれ」

赤い顔を見られないように、口元を手で覆ってもう片方の腕でシャルロットの頭を抱え込むように抱きしめた彼はこの王国で名を轟《とどろ》かせる冷酷で美しいジルベールではなく、もっとシャルロットに近い、昔から彼女が知るただの幼馴染の男の子であった。

（なんだか、幼い頃に戻ったみたい……私達は立場や大人にならないといけない焦りにとても肩肘を張った考え方をしていたのかもしれない）

同じ事を考えていたのか、ジルベールもまた気が抜けたような表情をして、彼を見上げたシャルロットの額にキスをして「行こう」と優しい声色で言ったのだった。

城下に出ると、街は賑やかで明日の建国祭の準備や、早くも前夜祭をしているところもありお祝いムードが漂っていた。出店や街で踊っている人達で活気に溢れている。

「初めて来ました……」

「ああ、僕も初めてだ」

目を輝かせてキョロキョロとするシャルロットが可愛くて、ジルベールは少しだけ握っている手の力を強くした。

「見て！　なんでしょう？　串にお肉が刺さっています！」

「……ああ、あれは串焼き肉だよ。美味しいらしいけど、食べてみる？」

シャルロットはジルベールが毒見する者を連れていない事に気づき、少し考えてから思いついたような表情の後、大きく頷いた。

「では、まずは私からいただきます」

「シャル、毒見なんてしなくていい。今はお忍びだし、毒に慣れる練習もしているから、大抵の毒では僕に何の影響も与えられない。それに……僕は鼻も優秀だからね」

そう言って笑ったジルベールはまるで年相応の青年で、シャルロットも思わず彼が昔のように近しい存在に感じた。

屋台のおばさんから串焼き肉を受け取るジルベールは、まるでそんなシャルロットの思考を見透かしたかのように、彼女に串焼き肉を手渡しながら、告げる。

「僕はずっと近くにいるよ。貴女《あなた》とだけは離れてやる気はないんだ」

シャルロットは一瞬、時間が止まったように感じた。

ジルベールのその言葉は今のシャルロットにはあまりにも甘く、心強かった。

「ジル様、ありがとうございます。私……ジル様が側にいてくれるといつも強くなれるんですよ」

ジルベールもまた、一瞬時が止まったように感じた。

シャルロットの言葉は、彼の不安を拭《ぬぐ》った。

自らの存在がシャルロットを危険に晒《さら》すのではないかと、シャルロットの心を傷つける理由になるのではないかと未だに考えてしまうからである。セドリックよりは幾分かマシだと思いながらも、自らの存在がシャルロットにどういう影響を与えてしまうのだろうと、漠然とした不安は常にあった。

「それは、ほんとに？」

「……？　ええ、十歳の誕生日に危険な目に遭った時も私の背中にはジル様がいました」

「……僕の背中には貴女《あなた》がいたよ。だから僕は一歩も下がらなかった」

「では、お互いにいい影響を与える仲ですね、相性がいいのね！」

無邪気にそう喜ぶシャルロットはきっと剣の話をしているのだろうが、ジルベールには恋の話にも聞こえた。

「シャル、貴女《あなた》はほんとに……」

「あら、失礼をしてしまいましたか?」

「いや、だから貴女《あなた》が好きだよ」

「……っ、ジル様」

(これは幼馴染としての好きよね、つい勘違いしてしまうわ……)

話題を逸らそうとしてきょろきょろと屋台を見回すシャルロットを、ジルベールがからかう。

「何? シャル、まだ食べたいものが?」

「もう、ジル様ったら」

二人で街の人に交じって踊ったり、屋台で食べ歩きを沢山した。

とある雑貨屋さんに入るとシャルロットはふと、決して質の良い宝石ではないが装飾の金の細工が細かく美しい細めのバングルが目に入った。

「わぁ……! これは……」

「サファイアだね、決して元は質の良いものではないが……良い職人だね」

店主が申し訳なさそうに、「それはこの店で一番高価なものでして……」と説明しに来ると、ジルベールは迷わずに「じゃあ、これをもらうよ」と微笑んだ。

ローブで顔のほとんどが隠れているというのに、美しいと分かってしまうジルベールに店主は思わず呑まれてしまい、「はい」と返事をしていた。

「あの……お客様、金額を聞かなくても大丈夫ですかい？」

「ああ。大丈夫だ。僕はこの人のためなら惜しまない」

「……！」

「ははは っ！　そうかい！　お嬢さん、愛されてますすねぇ！　仕方ない！　まけときますよ!!」

「……そんな！　あ、ありがとうございます、でも……」

「ああ。まだ僕の片想いなんだ」

「へぇ！　そうですかい。私から見たらもう立派な……いや、野暮ですね。応援しております」

これ以上赤くなれないほどに顔を赤くしたシャルロットが両手で顔を覆って「ありがとうございます……」と言う。その肩を愛おしげに抱いて店を出たジルベールはどこか満足そうであった。

「そういえば何故、あのバングルが気に入ったの？」

シャルロットはお洒落だが、特別何かに惹かれるのは珍しい。

ふと、思い出して思わず聞いたジルベールはシャルロットの思いもよらぬ返事にまた胸を高鳴らせる事になる。

「ジル様の髪と瞳の色にとても似ていたので……もっともジル様の美しさは他の何にも代えられないけれど。どうしても目に入ってしまったのです」

（シャル……もうそれは僕の事を愛しているのでは？　とは聞けないが、期待してしまってもいいだろうか）

ジルベールは心の中でシャルロットに問いかけ、切なげな熱のこもった視線でシャルロットを見つめた。

「ジ……ル様？　私、変な事を言ってしまったかしら……」

「いや……嬉しくて。貴女《あなた》の心の中にまだ僕はいると思うと」

シャルロットは息をするのを忘れるほどに驚いて、ただジルベールを見つめた。

ジルベールの切なげでありながら幸福感に溢れる笑顔がとても美しく、上げた視線に捉えられるともう目が離せなかったからである。

「シャル」

ジルベールはゆっくりとシャルロットの前に跪《ひざまず》くと、「安物で申し訳ないけど」と言いながらシャルロットの細く、白い腕にバングルをつけてあげた。

「……ありがとうございます」

「ゆっくりでいい、貴女《あなた》の心が癒えたら……」

ジルベールが何かを言おうとすると、そこに突然割り込む声があった。

「捜しましたよ!! 皆が二人を捜しております!! 急いでお戻り下さい!!」

急いで捜しに来たのだろう、ジーナが汗だくで立っていた。

「ジーナ！」

「シャルロット様と、殿下がいないと城では皆が捜しております。国王陛下は放っておけとおっしゃいましたが、家臣達が心配して城内を捜索しております！」

どうやら今回のお忍びは、子供の頃と違って、本当に誰にも抜け出した事を気づかれないお忍びとなってしまったらしい。考えてみれば、ジルベールはそれとなく報告した国王以外には誰にもシャルロットと出かける事を伝えていない。元々ノアと外出する予定だったとはいえ、ジルベールと出かける予定ではなかったシャルロットは尚更誰かに伝える暇などなかっただろう。無意識に、誰にも邪魔されないようにと考えて王宮内の誰にも外出が知られない振る舞いをしてしまっていたようだ、と今更ながらに気づいたジルベールは、珍しく声を上げて笑う。

「あははは！ ちょうど良かったよジーナ。……シャル、今日は戻ろう。また、どこかに遊びに行こう」

「はいっ!!」

差し出されたジルベールの手を取ると、シャルロットは思いっきり引き寄せられてジルベールの腕の中にすっぽりと収まった。

頬を染めて歓声を上げたジーナに得意げな表情をしてから、馬車の場所を聞くと、ジルベールはシャルロットを抱えたままそれに乗って、真っ赤なシャルロットに少しだけ叱られたのだった。

「もう！　恥ずかしいです」

「ごめんごめん（怒ったシャルも可愛いね）」

「シャルロット様、殿下……っ（とてもお似合いです）もうすぐ到着致します」

心の声を辛うじて抑え込んだ、ジーナの冷静な声がおかしくて少し笑ったジルベールと、不思議そうなシャルロットはまるで子供の頃に戻ったような自由な一日だったと振り返り、口元を緩めた。

◇　◇　◇

夜会を目前にし、モンフォール家では目が回るほど忙しい一日が始まっていた。

公爵邸で働く侍女達にはそれなりの身分の者もいる。

ラウラはセドリックの配慮により、邸《やしき》の侍女の中で家柄の良い侍女に淑女としての教育を受けていたが、彼女は事あるごとに泣きながら執務室に入ってきては、虐《いじ》められた、厳しすぎる、と訴えた。

セドリックは、邸《やしき》の者達がラウラを受け入れていない事に頭を悩ませていた。

実際は、ほとんどがラウラの虚言であり、特に「奥様なら……」「奥様は」と比較されると過剰に怒り出し、次々と家庭教師や使用人をクビにしていた。

セドリックのいないところでの彼女はとても傲慢であり、我儘《わがまま》であった。

「ちょっとアンタ、このドレス似合うかしら?」

「……ラウラ様、大変恐縮ですが……そ、そんなに胸元を開けられてはいくら夜会とはいえ公爵夫人としての品格が……」

古くから仕えるメイドであり、男爵家の令嬢であった彼女は、作法や貴族のファッションにまだ疎《うと》いラウラに意見を求められたので、善意で苦言を呈した。しかし、言葉の途中で頬を力いっぱい打たれ尻もちをつく。

だが、現在の公爵邸では珍しい事ではなく「あぁ……まただ」と青い顔をして「執事長か侍女長にご報告を……」と使用人達は呟いていた。

「あんたっ!!　私が下品だと言いたいの!?　クビよ!!　すぐに出てって!!」

シャルロットが不在の間、このような理不尽な解雇をされた者達は半数以上にも及び、そのせいで年に一回の建国祭の日の夜会前日だというのに、公爵邸は準備が捗らずにバタバタと忙しくしていたのだった。

「ラウラ様！」

「……ちょうどいいところよ!!　執事長。この子をすぐに追い出して!!」

執事長や侍女長を経由したノアの仲介により、クビになった使用人は望めば王宮や、フォックス侯爵家、ハリソンフォード伯爵家へと斡旋《あっせん》されていたので彼女達が路頭に迷う心配や、貴族令嬢にとって花嫁修行でもある侍女職をクビになった不名誉がつく事はなかった。むしろ、使用人達はやっと公爵家を立ち去れる事にほっとしていたほどであった。

そして夜会を前に、執事長と侍女長、ラウラにおもねる新しいメイド、ラウラが手を出した男性の使用人の数人を除いて、残りの使用人達は全員、示し合わせたように揃って辞表を提出した。

「なッ!?　……そんなにあの女が好きだってわけ!?　……っ、いいわ！　勝手にしなさいよ!!」

もちろん、侍女長と執事長とて公爵家に味方するつもりで残っているわけではない。公爵家内部からフォックス侯爵家および王家へのパイプ役という役割があるので留まっているにすぎないのだ。実際、離縁の決着がつき次第、二人とも王宮へ務める手立てが秘密裏に整っていた。

（こんな……セドリック様になんて言えばいいの⁉）

ラウラは執事長に、「セドリック様が知る前に新しいのを雇ってよ！」と言い残して乱暴な足取りでセドリックの部屋の方へと歩いていった。

ラウラが去ったその場所……本来であれば本邸の中で最高の貴賓室であるその部屋は今やドレスで荒れ果て、ラウラのために新たに雇われたが故に詳しい事情を何も知らない使用人達が青い顔で呆然としていたのだった。

「奥様は、事情をお察しです。夜会翌日奥様が、戻られる際に本邸を片付ける必要はありません。貴女達《あなた》はラウラ様におつきなさい」

侍女長がそう言うと、あからさまにホッとしたような顔でパタパタと部屋を出ていく。

侍女長と執事長はそんな使用人達を見送ってため息をついた。

「見事にラウラ様の手の者だけが残りましたね……」

「侍女長……そうですね。私どももここまでかと……」

二人は、長らく仕えた公爵家を刻みつけるように見渡して少しの間歩く。ラウラの住む別邸に灯りがついたのを見てため息をついた。

「またですね」

ここ最近、本邸ではなく別邸に彼女がいる時は、必ず若く見目のいい使用人や、貴族派の家格の低い男達を数人連れ込み、好き放題していた。

シャルロット、奥様と口にした使用人はことごとく解雇されておりそれによる多忙はセドリックにも影響が出ていた。そのため彼は、今日も執務室にこもりきりである。ラウラを唯一たしなめられるセドリックがここ数日はずっとそのような調子なので、ラウラはまるで女王様になったかのように男達を侍《はべ》らせていたのだ。

「明日は私が一番輝くのよ！　なんて言ってもモンフォール夫人としての初の公式でのお披露目なんだから！」

「ラウラ夫人、貴女《あなた》より美しい女性は他にいません」

「そうです、どんな令嬢だって貴女《あなた》には敵いません！」

ラウラは別邸のお気に入りの大きなソファで恥ずかしげもなく全てを晒《さら》け出し、両隣に、足元に、椅子の後ろにと男達を侍《はべ》らせて悦楽の表情で彼らの与える一時の快楽に溺れていた。

幼く見える愛らしい顔つきに、華奢で小さいのに女性を強調する豊かな部分はアンバランスでありながら背徳的な美しさを纏っている。夢中になった男達は彼女に溺れ、公爵夫人という権力を手にした彼女によって弄《もてあそ》ばれていたのだった。

「ねぇ……貴方達、お願いがあるの……」

◇◇◇

翌日の夕刻、街が建国祭で賑わう中、貴族達の馬車は王宮へと次々に向かっていた。

辺りが暗くなる頃、会場にはほとんどの貴族が入場し、両陛下への挨拶を終えていた。

そして、王宮内……

「少し遅れたわね、ジル様に先に行っていただいて正解だったわ……」

「シャルの着付けに慣れている使用人達を連れてきたのが幸いしたな……」

そう言って少し早足で廊下を歩くシャルロットとノアがいた。現在の立場上、不義を疑われては離縁の際に不利となる可能性があるので、エスコートを受ける事が出来ない彼女は、「どうぞ、先に入場して」と眉尻を下げて言った。

シャルロットとノアが、王宮内にいたにもかかわらず夜会に遅れているわけは数時間前にあった。

　既に朝から貴族達が出入りし、落ち着かない王宮内で、宰相であるシャルロットの父の元から帰る途中の事であった。

　目立たぬように人気のない場所を選んで通ったのが災《わざわ》いしたのか……二階までが吹き抜けとなっている廊下を横切る際、見知らぬ子息がいかにも怪しげに声をかけてきた。

「あ、あの……シャルロット夫人っ、宰相様からお呼びするようにと……お迎えに上がりました」

「失礼ですが、どなたでしょうか？」

「シャルロット夫人は宰相様に会ってきたばかりです」

　シャルロットの左斜め前を歩くノアがそう言うと、わざとらしい笑顔で、

「そ、そうでしたか！　ご用がお済みだったとは……こ、これは失礼致しました!!」

　頭を下げてそう言った彼に背を向けて歩き始めると、後ろを歩いていたジーナが声を上げる。

「キャア!!　奥様!!」

「シャルッ!!」

　すぐに振り返ったノアの目に、ナイフを突きつけられたシャルロットが映るが、彼女

自身が大丈夫だとアイコンタクトを送る。同時に、どこからか出てきた男達によって、シャルロット、ノア、ジーナの三人は囲まれた。男達の数は、シャルロットに刃を向ける男を含めて六人。何人かの目はどこか虚ろだ。

「お、奥様……申し訳ありません！　お守り出来ず……」

「ジーナ、大丈夫よ。貴女《あなた》に怪我がなくて良かったわ！」

シャルロットはノアに目線をやる。ノアは男達を見てから、シャルロットの目を見てその意思を汲《く》んだのか、彼の実力をもってすれば一瞬で片付くはずの男達にあえて質問をした。

「誰の差し金だ」

「そんな事関係ないだろう！」

「そうか……じゃあとりあえず捕らえるしかないか」

「お前のような騎士一人でこの人数を？　ハハッ！」

そう言って笑う男を尻目に、シャルロットとノアは顔を見合わせて頷く。ノアが剣を構え、シャルロットは背後の男のナイフを落とそうとした。次の瞬間、まるで天使が舞い降りてきたかのように突然現れたジルベールによって、シャルロットが狙っていた男が蹴り飛ばされる。

「ジル!!」

「ジル様!!」

「王太子殿下!?　……どこから飛び下りてきたんだ!」

「たまたま、上から見えたからね」

ジルベールの台詞と視線から鑑みるに、どうやら吹き抜けになっている二階の通路から飛び下りてきたらしい。ジルベールがシャルロットに手を差し出す横で、ノアによって一瞬で二人の男が倒された。逃げ出そうとした残り三人も、たった数秒で昏倒する。

「……馬鹿だね、ただの騎士なわけがないだろう」

ノアの左耳とジルベールの右耳に光る耳飾りがキラリと輝いたように見えた。そこでようやく、ジルベールの護衛の騎士達が駆けつけてくる。

「王太子殿下!!」

「ああ、早くソレを片付けて。ノア……相変わらず早いね」

「ジルこそ、相変わらず派手な登場の仕方だ」

笑い合って手を合わせた二人の視線は一瞬だけ交わってすぐにシャルロットへと向いた。

「貴女《あなた》が無事で良かったよ」

「シャルの腕は知っているが、無理はしないでくれ」

ジルベールの護衛の騎士達によって捕らえられた彼らは尋問を受ける事になり、引きずられるように運ばれていった。

「二人とも、ジーナもありがとう」

「誰の仕業か見当はつくけどね」

「では、安全が分かるまで俺がシャルロットに付き添おう。奴らの王宮内での大胆な手口とあいつらの焦点の合ってない瞳を見る限り、薬物中毒者にも見える……」

「そうだね……、もし僕らが想像している通りなら今頃はシャルが夜会に来ないと思って油断しているはず……。シャルの安全を改めて確認次第になるけど、夜会には予定通り参加しよう」

このままでは自分自身で安全確認の指揮をとると言い出しそうなジルベールを、流石に護衛の騎士達が制する。

「殿下は先に入場して下さい。我らで責任を持って確認後、会場へと伝えに伺います」

「……、分かった。シャル、確認が終わるまではくれぐれも部屋を出ないで。警備を強化する。急いで準備出来るように侍女を増やしてもいい。元々、公爵家から連れてきた君の部下だしね」

「お、奥様。部屋で湯浴みを……すぐに準備致します‼」

「ありがとう、ジーナお願いね」

そのまま部屋にも戻ろうとしたシャルロットに、やはり自分だけ先に会場へ向かう事に思うところがあったのだろう、ジルベールが声をかけてくる。

「シャル、僕になら誰も文句は言えない。宰相は奥方のエスコートがある。兄君は領地内に留まり不参加だと聞いた。先に会場の前まで行くが、そこで待つ。……貴女《あなた》のエスコートは僕がしよう」

「いいえ、不義の疑いをジル様にかけてはいけません。一人で入場します」

それならばと、ジルベールがチラリとノアを見ると、お手上げだと言うような表情で両手をひらりと上げた。

「俺もだめらしい」

（なるほど、ノアも同じように断られたのか）

「……では、入場後はノアも僕も近くにいよう。公爵家とは建国祭後に王家立ち合いのもときちんと話し合いをと希望していたが、このような事態になると貴女《あなた》の身が心配だ。陛下にお話しして、相手から動きがあれば、すぐに夜会で、貴女《あなた》を襲おうとした罪を暴《あば》く事になる。幸い、建国祭の来賓として大司祭にも来てもらっているから、そのまま白い結婚を理由とした離縁を突きつけてもいい。……貴女《あなた》の心の準備が出来ていればだけど……」

シャルロットは珍しく自信なさげに意見を伺うジルベールを少し可愛く思った。そして、王宮主催の夜会の準備で多忙なはずなのにシャルロットのために沢山の根回しと準備をしてくれている事に心がじわりと温かくなった。

「いいえ、覚悟はしていました。話が通じる方ではないと……エリザにも言われていたので」

困った顔で笑ったシャルロットが、本当にありがとうとジルの手を両手で包み込んで微笑むと、彼は赤い顔を隠すように顔を背けて、護衛の騎士達にツンとしたいつもの調子で指示を出した。

「……まだ時間がある。見たところ貴族に見える、僕が尋問するよ」

騎士達は、急に顔を青くして「で、殿下では……私達が……」と引き留めた。

「ジルはやりすぎる」

ノアがじっとりとジルベールを見ると彼は輝かしい笑顔で、落ちたナイフを見て、

「……ほんとに？」と首を傾げた。それは、シャルロットをこんなモノで傷つけようとしたのに手緩《ぬる》い尋問などしてられるのか？ と問いかけているようでもあった。

「……そんな事はないな」

「ね？　じゃあ、ソレらをちゃんと運んでおくように」

「で、殿下！　くれぐれもお命は奪わぬよう……！」

「分かってるよ。立派な証人になるからね」

そう言った彼らのやり取りを心配そうに見ながらも、シャルロットは先程のジルベールの赤くなった耳を思い返して、きゅっと締《し》め付けられた胸を押さえた。

その後、シャルロットは湯浴みと着替えを済ませ、つい先刻襲われたとは思えないほどに完璧に身なりを整えた。引き換えに夜会の時刻を少々過ぎてしまったが、不測の事態があったと疑わせるような振る舞いだけはしてはならないと徹底した結果である。国王夫妻には先行して、ジルベールが非公式に言付《ことづ》けを届けてくれる事になった。数日前のシャルロットであれば、王太子を伝令に使うなんて、と恐縮しただろうが、何故だか素直に、お願い、と頼む事が出来たのだ。共に入場出来ない事に拗ねるふりをしていたジルベールが、その言葉にぱっと笑みを見せたのが印象的だった。

会場の前まで来た時には、他の招待客はとっくに入場した後だった。扉を開けば様々な貴族が一堂に会する場とはいえ、ここにいるのはノアとシャルロット、そして二人の声が聞こえない位置で開場の段取りを差配《さはい》する城の者達だけだ。

「ノア、ありがとう。中にはエリザもお父様達もいるわ。そんな心配そうな顔しないで。一人で入場したって今更、恥ずかしくもないわ」

「あぁ、こんな事でお前の価値は変わらない。でもやはりあれは第二夫人の差し金にしか思えない。中に入ればまた何か仕掛けてくるだろう」

「ええ。大丈夫よ。それに……セドリック様にエスコートされるより一人の方がましよ、ふふっ」

「そうか、じゃあ行く。陛下への挨拶が終われば近くにいるから安心しろ」

「ええ、ノア……貴方がいて良かったわ」

目が合って、彼は微笑むとそっと、シャルにだけ聞こえるくらいの小さな声で言った。

「愛してる」

その言葉の後の切なげな表情、彼はもうシャルロットの気持ちの変化に本人よりも早く、気づいていた。

「ノア……っ！　私……」

「もう知ってる。ずっと見てるんだから分かるよ。それに……」

ノアはシャルロットの好きな安心すら感じる、低く落ち着いた、優しい声色でそっと耳打ちした。

「元より、ジルを想うお前に恋してた」

それでも、諦められないくらいに愛してたよ、と苦笑してからノアは目を大きく見開いた。シャルロットが今にも泣きそうな顔をしていたからだ。その顔のままで言葉に詰まったシャルロットの頭を、ノアが撫でる。

「お前は幸せになるんだ、シャル。それが俺の幸せだ。……先に行くぞ」

「……っ！　ノア、ありがとう！　それでも、ノアはずっと大切な人よ」

シャルロットの言葉に、軽く笑ってもう振り返る事なく、片手をひらひらと振ったノアは扉へと歩いていき、入場する。

ノアが入場したのを確認して、シャルロットは軽く深呼吸し歩き出した。

(今までずっと、優しさこそ最も大切で、たとえ頬を打たれても我慢する事が、許す事が美徳だと思っていたけれど……それじゃ、だめ)

(貴族の令嬢として、侯爵家の娘として、そして……皆が評価してくれるシャルロット・フォックスとしてきちんと守るべきプライドがある……！)

(ちゃんと自分の足で立つのよ。貴族だからとか、侯爵令嬢だからではなく、自分の幸せのために)

「シャルロット・モンフォール公爵夫人のご入場です」

シャルロットは真っ赤なカーペットの上を堂々と歩く。

彼女の髪と瞳の色によく似合う、夕日のようなグラデーションの透け感のあるドレスが歩くたびに揺れる。彼女を飾る大きなピンクダイヤモンドがキラキラとシャルロットを更に美しく飾った。

ハーフアップにされ、緩やかに巻かれた髪がふわりと揺れる姿はまさに女神のようであり、その美しさに会場中が一瞬静まる。

「フォックス侯爵家、シャルロット・フォックスが国王陛下並びに王妃殿下へご挨拶申し上げます。大切な宴の席に遅れてしまい申し訳ありません」

「構わないよ。事情は知っている。シャルロット、よく似合っているよ」

「まぁ！　本当によく似合っているわ！　私とエリザのものといい……エクセルシオールには感謝しないといけないわねぇ」

シャルロットと国王夫妻の会話に、ザワザワと皆ざわめき始める。

「エクセルシオールですって！　今季は王妃様と王女様だけでは？」

「羨ましいわ……なんてお美しいのかしらっ!!」

「フォックスを名乗ったぞ、とうとう離縁するのか!?」

「我々にもチャンスはあるだろうか？」

そんな会場の雰囲気が気に食わない者が二人。

（エクセルシオールですって⁉　あの女ッ！　ムカつくわ！）

（何故、公式の場でフォックスを名乗ったんだシャル‼）

「ち、ちょっと待って下さい国王陛下ッ！　聞きましたでしょう？　シャルロット様はフォックスと言ったわ‼　遅くなられたのも……」

「なっ！　ラウラ！　何を言うんだ！」

焦るセドリックを無視して、ラウラは許可を得ず突然声を上げた。貴族派の者達で周りを固めた彼女は、ニヤリと愛らしい顔を歪めて笑い、言葉を続ける。

「きっと、どこかで殿方と逢瀬をしていたからですわ……っ、旦那様がお可哀想ですぅ……うぅ、なんてふしだらなの‼」

ラウラはシャルロットが遅れた事により、彼女を穢す事に成功したのだと確信していた。

そして、フォックスをよく思わない貴族派の者達は決してシャルロットが嫌いなわけではなかったが、今だとばかりに声を上げて加勢した。

「そ、そうだ！　怪しいぞ‼」

「邸《やしき》に帰っていないとも聞いた‼」

セドリックの射殺すような目線がシャルロットを捉える。

「静かに！　……モンフォール第二夫人、その話に根拠があるのかな？」

ジルベールととても似ている容姿の美しい国王は目を細めて優しげな笑みでラウラに尋ねる。

「え、えぇ！　目撃者が教えてくれたのです!!」

「それは本当？　私も、気になる事があってね……ジルベール」

「はい。陛下」

「この場をお前に任せよう」

「謹《つつし》んでお受け致します。……モンフォール第二夫人、王族に虚偽の申告をした場合は不敬罪にあたるが、その話に間違いはないね？」

正装したジルベールの美しい姿、その瞳に捉えられた事にラウラはニヤリと顔を歪ませながら、無理矢理に悲しそうな表情を作って、縋《すが》るように腰をくねらせる。

「……っ、ないです！　確か……ランドレッド家の御子息の……」

ラウラが話し出した途端に、微かに口の端を上げたジルベールを見て、額に手を置いて目を閉じたシャルロットの父である宰相。誰よりも自由で、そして時に残酷でもあるジルベールの美しくも軽やかな所作は、明らかに相手が罠にかかった事を確信した動きだった。扇で隠した後ろでため息をついて呆れる王妃と、楽しげにそれを見物する国王。

「シャルロット……夫人。異議はある？」

「あります。そのような事はしておりません」

「そ、そのようなって何よ？　純情ぶって、シャルロット様はいつも私を妬《ねた》んで……いくらセドリック様に相手にされないからってぇ、不潔だわっ」

「ラウラ！　どうしたんだっ……申し訳ございません！　……頼む、やめてくれ。シャル、話は後で聞こう、とりあえずシャルもこっちに来るんだ」

ハッとしたように焦って前に出てきたセドリックが止めるも、ラウラはその場から引き下がる事なく、シャルロットに対峙した。

会場の者達はその真偽の行方にざわつく。

動こうとしたジルベールをシャルロットが視線で制した。彼女はそのまま国王夫妻へと見事なカーテシーで、「この先のご無礼をどうかお許し下さい」と礼をする。そして、シャルロットの代わりに怒りで震えるエリザに、安心させるように微笑んでから、会場全体を見渡して、決して大きくはないが落ち着いてはっきりとした声で言葉を紡ぎ始めた。

「このような大切な場をお借りして、申し訳ありません。どうか、このご無礼をお許し下さいませ。少しだけ、場をお騒がせ致しますが……」

いつもより華やかな装いも相まって、シャルロットは一段と凛々しく見える。その姿は、セドリックが理想とする、鳥籠《とりかご》の中のモンフォール夫人ではなく、この十八年間の中で容姿だけではない彼女自身の魅力をもって社交界中の関心を集めてきた、王国一の美女・シャルロットであった。

セドリックは身体中の体温がなくなっていくような気さえした。

「シャル……、どうして？　せっかく……私の、……もう少しだったのに……」

自らが苦労してシャルロットを鳥籠《とりかご》から出ないように洗脳してきたのに、久々に見たシャルロットは何故か、自信を取り戻し、更に美しくなっていたのだ。

思わず黙って見入ってしまったラウラの目の端に、口元に弧を描いてラウラを見下ろすエリザが入った。

（あの女……王女だか何か知らないけど……いつか蹴落としてやる！）

ラウラがエリザを憎々しげに睨んでいると、冷めた目で見下ろすエリザが思い出したようにポツリと爆弾発言をする。

「貴女《あなた》、そういえば……さっき、ルノー男爵と何やら親密な様子でしたわね。その下品なドレスで思い出しました……」

ラウラは焦った様子も束の間、突然怒りの表情となりラウラを止めるセドリックを振り払う勢いでエリザに向かって怒鳴る。

「デタラメ言わないでよッ!!　この嘘つき!!」

確かに先程、ルノー男爵と会っていた。

セドリックにバレないように男達のエサ《薬物》を手に入れるための取引だった。貴族派であり、大商人でもあるが、類稀《たぐいまれ》な女好きな中年の男であるルノー男爵に身体を許すのが手っ取り早かったのだ。ラウラとしても、好き好んでやっていたわけではなく、致し方ない行動であった。

（夫人と言っても自由に使えるお金は少ないし、あれがないと男達は気がちっさくて使い物にならないし……余計な事を！）

バシッ、と乾いた音がやけに響いた。皆がその音の主へと驚いたように視線を向けると、シャルロットがラウラの手首を強く掴んでいる。一見すると暴力を振るうために相手の抵抗を封じる動きにも見えるが、ラウラの拳が握りしめられている事から、むしろ、激情のままにエリザを殴ろうとしたラウラを止めたのだと、冷静な者は即座に理解が及んだ。

「慎みなさい。モンフォール夫人」

冷ややかな表情でラウラを咎《とが》めるシャルロットの姿は堂々とした完璧な淑女であった。

「んなッ!?　セドリック様！　……これがこの女の本性よ……!!」

シャルロットのように自衛の手段を持つ女性をじゃじゃ馬と評する事もあるため、ラウラの訴えはあながち見当外れでもなかったが、セドリックからの反応はなかった。シャルロットが自分の手から離れていく事に現実逃避をしているのか、ブツブツと何か言いながら、顔面蒼白なセドリックにラウラは舌打ちした。

「では、ラウラ夫人……お聞き致しますが、ランドレッド子爵家の御子息はこの中に……？　それとも、全員とお知り合いかしら？」

シャルロットが澄ました顔で、ノアに合図を送ると先程捕らえた男達が騎士達によって連れてこられた。そして、ルノー男爵もすぐにその場に連れてこられた。

ラウラの顔色は次第に青くなり、身体はガタガタと震える。隣で顔面蒼白なセドリックにしがみついた。

「う、嘘よ！　全部嘘です、セドリック様!?　ねぇ！」

「シャルロット夫人、ここからは僕が……」

ジルベールが壇上からゆっくり降りると、貴族達はゴクリと喉を鳴らして緊張の面持ちで彼の言葉を待った。今の彼の所作は、従軍経験のある子息達に、ジルベールが戦場で重大な軍規違反を犯した者の首を躊躇なく斬った時を思い出させるものだったのだ。

「お、おい……まさか今日は誰も首を斬られたりしないだろうな?」

「まさか!　殿下は余程の理由がないと……あっ」

「そうだよ、どう見ても陛下も殿下もシャルロット様を大切にしていらっしゃるだろう……」

ジルベールは、自分が守ると決めたものに刃を向けられた時、鬼にも悪魔にもなる。

ジルベールの残酷な一面を知る貴族達は、幼馴染だと近頃噂になった四人を交互に見ては顔を青ざめさせ、無謀なラウラを不憫《ふびん》にすら思った。

「この者達が本日、シャルロット夫人に危害を加えようとしたところを現行犯で、拘束した。……目撃者は、僕だ。調査の結果、そこのモンフォール第二夫人の名が浮上した。禁じられている薬物の取引、取引のための公爵家での横領……その他諸々の罪状で、モンフォール第二夫人の身柄を拘束する」

「そ、そんな!　何かの間違いです!!」

「……っ!?　殿下!　第二とはいえ私の妻がそのような事をするはずが……!?」

「それと、離縁の申し入れがある」

「……!　なんと……?」

セドリックは一瞬、ラウラからの離縁の申し入れだと思い、ホッとした表情を見せたがそれはすぐに打ち砕かれた。

「はい、私です。王宮と大司祭様にお願いして離縁証明書を作っていただきました。ラウラ夫人に同行なさるのでしたら、その後離縁証明書にサインして下さい。拒否なさるなら……後日の裁判でお会いしましょう」

シャルロットがセドリックにそう伝えると、膝をついて力なく崩れたセドリックは「嘘だ……」と小さく呟きシャルロットを縋《すが》るような目で見て、ドレスの裾を握った。

「シャル！　嘘だと言ってくれ！　私が愛しているのは君だけだ!!」

「セドリック様!?」

「公爵家自体にもモンフォール第二夫人の罪に加担した容疑がかかっている。公爵と第二夫人を拘束しろ。裁判は二日後、……シャルロット夫人、伝えたい事は？」

「いいえ。さようなら、セドリック様」

「シャル!!　シャルロット!!」

「連れていけ。……皆、お騒がせしたね」

「離せ！　離しなさいよ!!　シャルロット！　アンタ!!」

騒ぎ立てるラウラ。それを見ていたジルベールが、何かを思いついたのか、彼女を連行していた騎士を呼び止める。

「殿下‼　や、やっぱり私の魅力を分かって……たすけ……⁉」

地面に無理矢理膝をつかされた彼女の前に、丁寧にジルベールに手を取られてエスコートされたシャルロットが連れてこられる。

「シャルロット夫人への謝罪がまだだったね」

美しい笑顔で見下ろしたジルベールの目は笑ってはおらず、すぐにでも斬り殺されてしまうとラウラは感じ、「ご、ごめんなさい」と謝罪した。

「謝罪を受け取るつもりはありません、宴の邪魔になります。連れていって下さい。殿下のお気遣いのみ有り難く拝受致します」

そう、そっけなく言い渡され、暴れながら引きずられ連れていかれるラウラ。

ジルベールは今度はセドリックに近づくと、小さく耳打ちをして、不敵な笑みを浮かべた。

「セドリック……今日のシャルのドレスとても似合うよね。愛する人にはきちんとドレスを送らないと。だがあんな下品なドレスが贈られてくるならない方がマシかな」

「まさか……！　貴方が‼　シャルロット‼　私のシャルロットだ‼　ふざけるな‼」

セドリックは顔を赤くして突然怒り、暴れ出したが呆気なく押さえつけられて連行された。

そんなセドリックに驚き、会場へと視線を向けたラウラ。彼女が最後に見たのは、ジルベールに再度エスコートされ照れた様子で微笑むシャルロットと、先程の侯爵令嬢としての堂々とした様子とのギャップに惚れ惚れとした顔でシャルロットを見つめる子息達だった。

（まだ、まだ終わってないわ……どんな手を使っても裁判で勝って、あの女のもの全て奪い取ってやる!!）

「……それでは、区切りがついたようなので夜会を再開しよう。シャルロットが何者かによって襲撃を受けた件と、モンフォール家の離縁についての裁判は異例だがまとめて行う事にする。そして襲撃の件については引き続き、ジルベールに委任する」

「はい、陛下」

「はい、ありがとうございます、陛下」

国王が微笑むと、ジルベールとシャルロットは頭を下げて礼をしたが、再開と言われても、皆どうしたらいいのかとオロオロしながら周りを見渡す。

見かねた王妃が微笑んだ。

「そうね……ちょうどシャルロットがいるわね。私達の代わりにファーストダンスを踊ってくれないかしら、ジルベール？」

心なしか嬉しそうに了承したジルベールは、会場中の誰も、見た事のないような優しい表情でシャルロットにダンスを申し込んだ。

シャルロットは頬を染めて承諾したが、彼の慈しむような全力で伝わってくる愛に、これでは心臓を一生分使ってしまうのではないかと思うほどにドキドキしていた。

そんな二人を見て、「まぁ、お似合いだわ‼」と目を輝かせて花のように微笑んだエリザの笑顔に子息達は心臓の鼓動を跳ねさせ、一曲目が終わる頃、エリザへのダンスの申し込みが殺到したのは言うまでもなかった。

エリザは困惑し、助けを求めるように視線を彷徨《さまよ》わせたが……国王と王妃は「若いね」「若いわねぇ」と微笑むだけでジルベールに至ってはシャルロットしか見えていないようだった。

「！」

ふと、シャルロットを切なげに見つめるノアが視線を上げて、エリザと目が合うと、困っているのを汲《く》み取ったようでゆっくりとエリザへと向かっていき、人をかき分けてダンスを申し込んだ。

「王女殿下、宜しければダンスにお誘いしても？」

「……！　ええ。喜んでお受け致しますわ」

シャルロットとエリザ、オーヴェルの華達をダンスに誘えなかった子息達はあからさまに落胆したがまるで絵画のように美しい彼女達、二組のダンスを見て、頬を染めてうっとりとした。

婦人達も例外ではなく、ため息をついてうっとりとした表情で彼らを見つめていた。

一曲の後、ジルベールはシャルロットを解放しないとばかりに、ぎゅっとその腰を引き寄せた。

「ジル様、っ、私はまだ既婚者ですので公爵以外と二曲目を踊ることは……」

「皆を見てシャル、そんな形式上の事、誰も気にしてないよ？」

「……！　でも、心臓が……っどきどきして、持ちそうにないの……っ」

「っ……、なら……やっぱり僕と踊ろう」

ぎゅっと引き寄せられて、シャルロットとジルベールの距離が更に近くなる。ジルベールの速い鼓動がシャルロットにも伝わり、見た目は平静を装うジルベールも彼女と同じ気持ちなのだとシャルロットを幸せな気分にさせた。

そして一方、エリザとノアは『既婚者と婚約者以外は続けて二曲踊らない』というしきたりに則《のっと》り、一曲踊ったところで終わった。しかし、そのまま離れてはまたエリザが令息達に取り囲まれてしまうだろうと、ノアは軽食のあるスペースへとエリザを誘い、二人で話し込む形を取る。その場所は目につきやすいため、仲が良い、程度の噂は流れるかもしれないが、二人でどこかへ消えた、などと不埒な評判は起こらず、また、他の者がダンスを申し込めない事はないが少々申し込みづらい、という絶好の立ち位置だ。

降って湧いた二人きりの時間に、エリザは改めて礼を述べる。

「助けてくれたのね、ありがとう」

「目が合ったからな、どの道俺も令嬢からの誘いを断る手間が省けて助かる」

「まぁ、モテると自信があるのね、その様子だと……そう。やっぱりシャルは……」

「……ジルには敵わないな。でも絶対に幸せにしてくれるだろう。それだけでいい」

そう言って優しく、どこか切なげに微笑んだノアの表情にエリザはきゅっと心臓を掴まれたような気がした。

「お、落ち込まないでちょうだい……なんだか心苦しいわ。辛い時は話くらい聞いてあげる。お茶でも奢《おご》りなさいよ？」

「ははっ！　そうだな……お願いしよう」

この二人の気持ちが近づくのは、ノアのシャルロットへの気持ちが吹っ切れるまで、まだ少し先の事……この日から二人は良き友として今まで以上に打ち解けたのであった。

その手を取れるだけで幸せだと言わんばかりに踊り続けるジルベールとシャルロット、そして談笑に落ち着きながらも関係性の変化の兆《きざ》しを見せたエリザとノア、美しい二組の様子は場の貴族達の目を引き、当然国王夫妻の目にも留まる。

「陛下……どうやらジルは奥手のようね……ふふ」

「初めはそんなもんだよ、それよりも私の可愛い娘が……」

「ふふっ、恋をしたようね。彼が相手なら安心では？」

「……。私は美しいものが好きだ」

「あら、じゃあ彼は合格ですね」

クスクスと笑ってそう言った王妃の笑顔は国王にとって何年経っても可愛くて、愛おしかった。

「私にとっては王妃、貴女《あなた》がこの世でいちばん美しいものだよ」

「まぁ！　私も生涯陛下だけが、愛する美しい人ですよ」

顔を近づけて笑い合い手を握り合った、何やら仲睦まじい両陛下の様子に会場はもっと盛り上がり、貴族達の笑顔と話し声で賑やかになったのだった。

一方、牢屋に連れていかれたラウラは、その装いだけで邸《やしき》が買えそうなほど豪華なドレスを横領の返済の担保に取られ、質素な布で作ったワンピース一枚を与えられていた。

セドリックやルノー男爵は事情聴取のため、各自別室へと拘束されたまま通され、ラウラは現行犯として牢へと入れられた。

「ちょっと！　ドレスを返しなさいよ！　ここから出してよ!!」

「それは出来ません。裁判が終わるまではここでお過ごしいただきます」

「お願い、なんでもするからぁ!!　出して!!　お願い!!」

「貴女《あなた》の処遇については裁判で決定されます。判決が出るまではこの牢から出る事は出来ません」

「嘘でしょ!?　……ねぇアンタ、弁護士を雇ってよ!!」

「ラウラ夫人には弁護士を雇える資産がありません」

ラウラの叫びに返される言葉は無慈悲で、彼女の身勝手な要求が、牢の中でただ虚《むな》しく響き渡るばかりであった。

裁判当日の朝、朝食後シャルロットとジルベールは庭園を歩いていた。

「……後悔はしていない？」

「何故？　ジル様は優しいのね、これで良かったと思っています」

心配そうなジルベールの表情を見てから、眉を下げ微笑むシャルロットの髪を風がふわりと舞わせた。

彼の優しさが、彼に似合わない不安げな表情が、全て愛おしく感じた。心の奥底に仕舞ったはずの想いに、蓋が開いてしまったのかもしれない。

（私……ジル様が好きなのね）

自覚してしまうともう、隠せないほどに外に溢れてしまっている気さえした。

だが、ジルベールはどうだろう？

同じ気持ちだと、勘違いしてしまっているのではないか？

ふと、冷静になって不安になる。だからその気持ちはたとえ裁判が終わっても打ち明ける事は出来ないだろうと弱気になるのだ。

思い悩むシャルロットに対し、ジルベールが不意に立ち止まり、彼女に向き直った。

「シャル……僕はずっと貴女《あなた》を傷つけるもの全てを貴女《あなた》から遠ざけたかった。たとえ、それが僕自身でも……。父には臆病だと言われたけれど……僕は、貴女《あなた》が幸せならそれで良かった」

「ジル様……」

「貴女《あなた》が決して弱い人ではないと知っていたはずなのに……ただ、僕は自分の未熟さ故に守る自信がなかったんだ。貴女《あなた》が幸せではないと知ってとても悔やんだ……シャルロット・フォックス嬢」

ジルベールがシャルロットを真剣な眼差しで見つめる。

シャルロットはただ、「はい」とだけ答えるのが精一杯で彼の瞳に捉われていた。

「まだ……離縁の成立前なので、これは正式ではないが僕の気持ちを知っていてほしい。返事は、ゆっくりでいい……今はただ、貴女《あなた》の心の傷が癒えるまでただ、側にいさせてほしい。僕は」

ジルベールが細く深呼吸する。そして、言葉にせずともその表情で伝わるほど切なげで、どこか優しさの滲《にじ》む顔で彼女の前に跪《ひざまず》いて言った。

「シャル、貴女《あなた》を愛している。私の妻になってほしい」

そう言って手の甲にキスをして、シャルロットをゆっくり見上げると、彼女は瞳に涙を溜め、頬は桃色に染まっていた。何か言いたげに薄く開かれた唇からは、まだ何も発せられず、しかし彼女もまた、その表情はジルベールを愛してやまないと伝えているかのようであった。

「あ……あ、のっ私、まだ……っ」

「あぁ、まずは今日……貴女《あなた》をきっと守るよ」

「……はい。ジル様……ありがとう」

そう言って微笑んだシャルロットの頭にぽんぽんと手を置いて、「シャルはよく頑張ったね」と労った後、まだ真っ赤になったままのシャルロットに悪戯《いたずら》な表情で、からかう。

「そんな可愛い顔をしてくれると、期待してしまうよ？」

シャルロットはバッと顔を上げ、左右に顔を向けて辺りを見渡してから、口を開く。

「……して下さい。期待っ、してもいいです」

頼りなく潤《うる》んだ瞳でジルベールを見上げながら小さな声で今の彼女の精一杯を伝えたのだった。

ジルベールは、一瞬、息が止まったようにピタリと静止した後、何かを堪えるように、嬉しさを噛み締《し》めるように深呼吸する。

「……っ、もう二度と悲しい思いはさせない。行こう、シャル」

そう言ったジルベールの髪は陽の光でキラキラと輝き、その青空を閉じ込めたような瞳は昔より幾分か強く光って、伸びた背丈がなお、彼が王太子としても、男性としても立派に成長したのだと感じさせた。

「はい。ジル様。……きっと勝ちます！」

美しい庭園で、誓い合う二人のいる王宮の遥か地下の牢では、何やら牢番らしき男と、ヒソヒソと話すラウラがいた。罪を逃れられないと知り、その身を牢番に売って、裁判後の輸送時を狙った脱獄を講じているのだ。しかしその計画は既に王宮側に露見しており、ラウラにはもう逃れる術《すべ》はなかった。

セドリックに関しては、本人に直接の罪はなく、ラウラの監督不行き届きと不貞による離縁の裁判となるため、拘留《こうりゅう》という形でとある質素な一室で軟禁されていた。

「セドリック公爵閣下、正午より裁判となります」

「ああ……」

しばらくして、まもなく法廷への迎えが来るかとセドリックが考えていると、扉の前が騒がしくなり、人が部屋に入ってきた。

「王太子殿下……」

「やあ公爵」

「シャルは……」

「今更お前が気にする事ではないよ。今は、自分の妻に足を引っ張られないように気をつける事だけを考えた方がいい」

「……っ!!　貴様……ッ!!　シャルも私の妻だ!!」

セドリックは目を血走らせて、無防備にも一人で部屋に入ってきたジルベールに掴みかかろうとした。向かってくるセドリックを、ジルベールは遠慮なく蹴り倒す。そのまま倒れ込んだセドリックに対し、ジルベールは、先程シャルロットに見せた笑みからは想像もつかないほど冷たく何も感じ取る事の出来ない無表情で彼の前にしゃがみ込んで小首を傾げた。

「ねぇ、どうしてシャルロットでは足りなかったの？」

「彼女は、この国の華だ！　乙女である事に最も価値がある!!　それをただ惜しんでいただけッ！　私はシャルだけを愛している！」

「……彼女は飾りや人形ではない。最も美しい女性であるだけだ。なのに……ライラ……だっけ？　アレのために、今まで散々、勝手に閉じ込めてきた彼女を蔑《ないがし》ろにするなんて……何故シャルを傷つけた？」

「傷つけてなどいない！　役割が違うだけだ！　ラウラにはシャルロットにない人間味がある。それにシャルの事はじっくり……私だけを愛するように躾けるつもりだった……なのにッ!!」

「強欲、過信、傲慢……それに、シャルを躾ける？　お前……もういいや。法廷で会おう」

「……ちょ、ちょっと待て！　待って下さい！　シャルは……っ!!」

「さようなら。セドリック」

セドリックは、ジルベールの恐ろしいまでの美しき笑みを向けられて、その身が震えるのを感じた。

――あぁ、きっと勝てない。

昔はただ美しく有能な王子だったはずのジルベールの背中は、いずれ王となる者の非情さを背負っていた。セドリックはその姿に、従軍経験のある貴族が「王太子殿下は、虎のようだ。美しいが、怒らせれば即座に殺される」と畏怖を込めて語った理由を痛感する。

そして、ジルベールのさようならの意味を彼は知っていた。

「命だけ……助かれば良い方だろうか、あぁ私のシャル……」

セドリックは力なく、質素なベッドに仰向けになり我が身の終わりを嘆いた。

(初めから、心のどこかで分かっていたはずだ。殿下の気持ちも、シャルが邸《やしき》の外に目を向ければ危険だと言う事も……！　なんて失敗をしてしまったんだ……)

法廷。裁判長が厳かに告げる。

「開廷します。両者、これより発言した内容は全て証拠となります。虚偽の発言はそれ自体が罪となります故、注意して発言して下さい」

「はい」

「……はい」

「では、ラウラ・モンフォール第二夫人に、違法薬物を買い取り数人の子息達と使用し、更に不特定多数との不貞の疑惑、シャルロット・モンフォール夫人傷害事件への教唆、公爵家での横領、そして王族への不敬罪の罪がかかっております。認めますか？」

「いいえ！　認めません！　一部を否定致します！」

「では、ラウラ・モンフォール第二夫人……証言台へ」

彼女は外部から取り寄せたのか、それともまたセドリックによる気遣いなのかは分からないが、普段より幾分かシンプルなドレスを着ていたがその胸元は相変わらず大きく開いており、惜しむ事なく今にもこぼれ落ちそうなそれを揺らしながら自信満々といった様子で歩いていた。

「不貞を働いていたのは……シャルロット様です!!　多くの子息達が証言するはずです！　証人として希望します!!」

ラウラは、公爵夫人となったその財力と、薬、そしてその身体で子息達を思うがままにしていた。そして、子息達にありもしないシャルロットの罪を語るよう頼み、建国祭の夜会で断罪する手筈《てはず》であった。

（時期はズレたけどアイツらも牢から出たいはずだし、きっと手筈《てはず》どおりにシャルロットを陥《おとしい》れるはずよ！）

「シャルロット夫人、証人を連れてくる事に異議はありますか？」

「ありません」

澄ました顔でそう言ったシャルロットをラウラは一瞬しめたと言うように勝ち誇った顔で見てから、泣き真似を始めた。

「シャルロット様は、……いつも私を妬《ねた》んで嫌がらせをしてきました。そして普段から子息達と遊び歩き、関係を持っていました」

傍聴席にいる貴族達の中でこの話を信用したのは、次の自分の番を待っているセドリックと、貴族派の一部の男達のみだったが、そんな事など知らぬ顔でラウラは泣きながら無実を証言し続けた。

まもなくして証人として到着した、夜会の日にシャルロットを襲おうとした数人の子息達が法廷に入ってきた。

「では、証人は前へ」

「なっ⁉」

ラウラは驚愕した。入ってきた証人達の顔色は悪く、シャルロットを陥《おとし》れようというにはあまりに頼りなかったからだ。

（しっかりしなさいよ！）

彼らはジルベールの尋問によって、すっかり戦意喪失して、自分達の知る限りの情報を全て話してしまっていた。つまり、シャルロットを陥《おとし》れる計画もジルベールに知られ、裁判で偽りの言葉を口にしたらどうなるか分かっているなという問いかけに頷いてしまった後なのだ。

「証人、ラウラ夫人の証言は本当ですか？　貴方方はシャルロット夫人と関係を持ちましたか？」

一人の子息が、チラリとジルベールを見て顔を青くした。

「ラウラ様……申し訳ありませんっ……、私は……いえ、私達はシャルロット夫人ではなく、ラウラ夫人と関係を持ちました。ここにいる者達だけではなく、貴族派の複数人の子息が薬物を摂取し、ラウラ様と夜を共に過ごしました」

「……!!」

裁判官が目を見開き、言葉を失うとラウラは大きく声を上げて否定を繰り返した。

「何を!?　きっとシャルロットの策略よ!!　私じゃないわ!!　セドリック様っ!!　信じ

てよ!!」

セドリックは苦々しい表情で視線を逸らして、そっと目を閉じた。

法廷内は皆がザワつき、騒がしくなる。

「嘘だろ？　複数人だって？」

「まあ！　なんてふしだらなの!!」

するとシャルロットが発言の許可を取った。

「裁判長、私も証人をお願いします」

シャルロットの発言に、場が静まり返る。

「……っ、ラウラ夫人……静粛に、シャルロット夫人より証人の申請があります。宜しいですね？」

「は!?　何よ!!　勝手にしなさいよ!!」

(いいわ、最悪の場合でも輸送時に御者がすり替わるんだから)

「では、僕が証人として立とう。シャルロット夫人が彼らの襲撃にあった時、共にいたのは僕だ。ハリソンフォード伯爵も目撃者なので、襲撃に関する信憑性と、互いにシャルロット夫人と不貞がなかった事は保証する」

法廷中が騒がしくなった後、ジルベールが証言台へ立つと一気に静まる。

「では、ラウラ夫人の発言について……裁判長、こちらの写真の確認を」

束にしてまとめてある白黒の写真をジルベールが提出すると、裁判長は判事達と何やら相談し始めた。

「こ、これは……？」

「モンフォール邸の使用人達に協力を求め証拠として集めた写真だよ。使用人達はほとんどの者がラウラ夫人によって理不尽に解雇され、シャルロット夫人の推薦によって他家へと再就職している」

「な！　なんだって⁉」

「セドリック公爵、静粛に。殿下、それは真ですか？」

「ああ。王宮で受け入れた者もいる、確認するといい。そして、写真の中に、名簿が写っているものがあると思うんだが……それは違法薬物売買の関係者リストだ。ルノー男爵の身分と人脈では、完全に王宮の目を誤魔化すのは難しいであろうと身辺調査を行った。取り急ぎ、直接薬物売買に関わった者だけまとめた名簿がそこに写っているわけだが……モンフォール邸で、ラウラ夫人から寵愛を得ていた使用人の名前が何人か載っている。彼らは既に拘束済みだ、上手くいけば今回の事件のみならず、多くの貴族達の不正と反逆の目論《もくろ》みが明るみに出るだろう」

そして、ジルベールはほんの一瞬、シャルロットにだけ分かるように心配そうに視線を送り、彼女が頷いたのを確認すると、数枚の紙を取り出した。

「シャルロット夫人、貴女《あなた》への無礼をどうかお許しを。だが、これはれっきとした証拠。後の離縁の判決にも関わるだろう。裁判長、確認を」

「……なんと!!」

するとシャルロットが小さく片手を上げて発言の許可を得た。

「それの詳細は、私の口から……そちらの用紙は、医師と大司祭からの私の純潔を証明した書類であります。私とセドリック様は白い結婚です」

「!! シャル!!」

大きな声で名を呼んだセドリックを、冷めた目でチラリと見たシャルロットは、言葉を続ける。

「私はセドリック様にはしたなくも、私から、この身を許すとお伝えした事もあります。それ貴族として世継ぎをなせない事に役割を果たせぬ罪悪感すら覚えていたからです。それにもかかわらず、私とはおよそ貴族社会の一般的な夫婦生活と呼べるものを行わず、二年足らずの短い月日でラウラ夫人を迎え入れたセドリック様とのこれ以上の夫婦関係は無理だと判断致しました。離縁を申し入れます」

「嘘よ!!　その女は殿下までたぶらかしたのよ!!」

無作法にも説明中に割り込んできたラウラを見るシャルロットの目は、先程セドリックに向けたものとは比べようもないほど冷ややかだった。淡々と、言葉を返す。

「……では、この証拠写真はなんと？　いくらでもありますから、貴女《あなた》にもお貸しして差し上げるわ。どうぞご自分の目でご覧になって」

「う、嘘！　なんで！　……嘘よ……アンタ……!!　こんなの、嘘よッッ!!」

写真の束を次々と見ては癇癪を起こし投げ捨てた写真は宙を舞いその数枚は傍聴している者達の手にも渡った。

彼女がまるで女王のように子息達に奉仕させているところ、娼婦のように子息達に弄《もてあそ》ばれているところ、薬物の取引をしているところ、メイドを虐待しているところと様々な写真が撮られていた。

「このように、ラウラ夫人が私が行ったと証言したものは全て、彼女自身が行っていたものです。彼女の私に関する証言を否定し、ジルベール殿下がご提出した証拠で彼女の違法薬物への関与を証言致しますわ」

「こんの……女《アマ》ぁ!!　セドリック様はそれでも私を選んだのよ!!　負け犬が吠えてんじゃねーよ!!」

ラウラの豹変によるショックと、シャルロットとの離縁、違法薬物の売買にラウラや公爵家の使用人が関わっていたとなれば自分もただではすまない事へのショックで項垂《うなだ》れ、放心していたセドリックがバッと顔を上げて、ラウラに言い放った。

「君を選んだのではない！　私が愛しているのはシャルロット一人だけだ!!　ラウラ、君は確かに愛らしく癒しであった……だが、シャルには到底敵わない……ましてやそれが君の本性なら……」

「セドリック様!?　……そんな！　この女のどこが……!!」

「少なくとも、お前より純粋で心の綺麗な女性だよ」

ジルベールがすかさず言うと、暴れ出したラウラは取り押さえられた。その後、裁判は滞りなく進み、裁判長によって判決が下される。

「ラウラ・モンフォール第二夫人を有罪とし、シャルロット・モンフォール夫人とセドリック・モンフォール公爵の離縁を承認する。以降、刑は国王陛下、または陛下に委任された王太子殿下によって決定される。それまでは地下牢へ監禁とする!!」

「放せよぉお!!」

連行されたラウラは警備兵によって常に見張られていた。謹慎となったセドリックは判決が出るのを静かに邸《やしき》で待っており、ラウラに面会する事も出来なかった。

　ラウラは地下牢で、爪を噛みながらイライラとした様子で門の前の兵士にずっと話しかけていた。

「ねぇ、貴方、せめて湯浴みさせてくれない？」

「……」

「じゃあ、身体を拭《ふ》いてよ！」

「……」

「ねぇってば……」

　一方的な会話が続く事数日、状況が動いた。

「ラウラ夫人、刑罰の詳細が決定致しました。王太子殿下が貴女《あなた》を牢から出すよう仰せです」

「じゃあ！　湯浴みと、ドレスを!!」

「ありません、そのままおいで下さい」

　手錠をかけられたまま、簡素なワンピースに簡素な靴、三日に一回の湯浴みのみで手入れのされていない髪で牢から出される。その姿は煌びやかで艶やかかつ、愛らしさを纏っていたかつての彼女とは正反対であった。

「ちょっと!!　アンタ!!」

文句を言っても、ラウラを連行する者達は返事すら寄こさない。ひとつ舌打ちをするが、元平民で資産も権力もセドリックとの婚姻に紐づくもの以外は何も持っていない彼女は、せいぜい王都から追い出され僻地に送られる程度だろうと考えていた。

（馬車に乗ればこっちのものよ……きっと逃げ出せるわ）

しかし、馬車に乗る事はなかった。王宮内の王座の前、沢山の貴族達に囲まれ、王族の前に跪《ひざまず》かされる。改めてラウラの罪状を王太子が読み上げた。既に裁判で読み上げられた内容を貴族達の前で繰り返すのは、罰がラウラ個人ではなくモンフォール公爵家のものである事を示す、この国特有の風習だが、そんな事を知らないラウラは適当に聞き流していた。

「聞こえていないのかな？　……ラウラ夫人」

ジルベールが冷ややかな目でそう言うとハッと我に返るラウラ。チラリと後ろに立って控えているセドリックに視線をやると、その空っぽな瞳からは何も感じ取れなかった。

呆れたようにひとつため息をついたジルベールが、刑罰の詳細を告げる。

「モンフォール公爵家はその爵位と一切の権限及び、領地を剥奪、王都への立ち入りを禁止する。資産の一部をシャルロット夫人に譲渡する」

「そ、そんな!? なんでッ!? 嫌よ!!」

「……っ！」

「黙れ。お前はただの罪人だよ。セドリック、お前達の婚姻においては平民同士となるため、取り消す必要もないだろう。そして……ラウラ殿、お前には選択肢を与えよう」

ジルベールが突然、ふわりと微笑んでそう言ったのを見てラウラは口の端をニヤリと歪めた。

彼女は、自分の美しさを欲して愛妾《あいしょう》にでもするか何かであろうと予想したのだ。

（ふん、所詮王太子も男よね！ ムカつく奴だけど見目は良いし、なってやってもいいわ!! 罪人よりマシよね！）

「……」

「なんでしょうか？ 王太子サマ？」

（公爵でないセドリックに興味はないわ、さぁ早く言いなさいよ王太子！）

うずうずと待ちきれないような表情で言葉を急《せ》かすラウラに対して、エリザは扇子で口元を隠してクスクスと笑い、両陛下は怪訝《けげん》な表情をした。

無表情でラウラとジルベールを見つめるシャルロットは最前列におり、シャルロットの方をチラチラと見ながらニヤニヤするラウラの姿を完璧に捉えていたが、その表情を崩す事はなかった。

「……選択肢その一、そうだね、まずは……死刑。罪状は選べないな、沢山ありすぎる」

「なッ!?　……他は……？」

「これは……セドリックに対しても選択肢となるのだけど……」

「セドリック様！　しっかりしてよ!!」

「……！　はい。……お伺いしても宜しいでしょうか」

「とある近隣国の女王陛下が以前からセドリックにご執心でね。どこからか今回の違法薬物の一件に公爵家が関与している事を知って、もしもセドリックが平民になって苦労するような憂き目に遭うのであれば引き取りたいとおっしゃっている」

「で、殿下その女王陛下とは……まさか……!!」

「え……!?　それじゃあ私はどうなるのですか!?」

セドリックが急に焦ったように声を上げたが、憤慨《ふんがい》したラウラの声によってかき消され、ジルベールは人の良い笑みでゆっくりと続ける。セドリックは額に汗をかき、身震いしていた。

「もちろん、ラウラ殿も共に……夫婦揃ってとおっしゃっていたよ。彼女は美しいものを集めるのが好きでね」

「その他に選択肢はないのでしょうか？」

「ない。ちなみにその王国はこの辺でも大きな方だよ」

「……セドリック様、行きましょう！　行きます!!」

ラウラは意気揚々《ようよう》と言った。

（それなら逃げる必要もないわね!!　今度はその女を蹴落として私の王国を今度こそ……!!）

ジルベールがニヤリと笑った気がしたがラウラは気にも留めない。彼は眉尻を下げてセドリックに「君はどうしたい？　君が断ればもちろん夫人は死刑だが……」とセドリックに持ちかけると、セドリックは真っ青な顔で、訴えた。

「レディシーア国……ッでしょうか？　セレティア女王陛下……のところだけはッ！　私は平民として慎ましく暮らします!!」

セドリックが頭を抱えて跪《ひざまず》き、そう言うと……ラウラはうるうると瞳を潤《うる》ませてセドリックの頭を抱きしめて、セドリックの両頬を包み込み目を合わせた。

「セドリック様……やり直しましょう。お願い……私を助けて……私は貴方の妻なのよ？」

セドリックは妻に関する価値観こそ歪んではいるものの、本来優しい人間であり、ましてや寵愛を捧げていたラウラのその瞳を見ると心が揺らいだ。

パッとシャルロットを見ると、セドリックへの何の感情もない瞳と目が合い、セドリックはもう彼女の瞳に自分が映る事はないのだと実感した。

「……もういい。……殿下、ラウラの命をお助け下さい。レディシーアに参ります」

まだ真っ青なままのセドリックは自身が、何故このような場所で騒ぎ立てたり、擦り寄ったりする非常識なラウラをあんなに好きだったのかと絶望感に苛まれた。

（ラウラが……こんな女性だったなんて……シャルロット、君を早く私のモノにしておくべきだったよ……）

セドリックの答えに、ジルベールがにっこりと美しく微笑む。

「彼女はとても可愛がってくれるよ！　すぐにでも引き取りたいと言っていたので明日には向かわせよう」

「……ひっ！　……わ、分かりました」

「あーじゃあ、湯浴みさせて下さいねー！」

この時のラウラはまだ、セドリックの様子など気にもかけていなかったのもあり、思いつきもしなかった。

レディシーア国、女王・セレティアの本当の怖さと異常さを。

セドリックの罪はほとんどがラウラの罪を当主として背負う形のものだった。シャルロットへの執拗な監視とストーキング行為については夫婦間の話であったため罪には問われず、あくまでモンフォール公爵として第二夫人の罪の責任を共に負う、という事になった。

ラウラさえ見捨てれば平民とはなるものの王都以外の別の街で慎ましく平和に暮らすという手もあったにもかかわらず、ラウラを見捨てずに付き添ったのには彼なりの理由があった。

ひとつは心優しいシャルロットに『自分の離縁がきっかけで元夫は罰され不幸になったのだ』と思わせる事で、どのような形でも忘れられない存在でありたかったという事、もうひとつは、愛ではなかったが恋したラウラへの情と自暴自棄であった。

女王セレティアは王としては表向きはそれなりにいい君主であったが、その裏では我《わが》儘《まま》で美しいものをコレクションしている変人であった。

彼女に引き取られた男は男娼、または犬のように愛でられる。しかし、昔からのセドリックへの執心ぶりを考えると、愛でられる事による屈辱を除けば、彼はそれなりの立ち位置と生活を保障されたも同然であった。

また、女王の寵愛相手としては「どちらでもいける」という噂があった。セドリックは、きっとラウラは激怒するであろうが、罪人として死刑になるより彼女の犬として心を殺して生きる方がマシだろうと考えていた。

（こんな大事になるとは……むこう《レディシーア》では上手くやってくれるといいが……）

ただ、セドリックは知らない。

噂とはあてにならないもので、実際の女王セレティアは女が嫌いである。美しいものは好きだが女は嫌いなので、集めた女達には女王を楽しませるためだけの人間以下の生活が待っていた。

だが、セレティアは余程の事がない限り絶対に自分の所有物を殺さない。命の安全だけはほぼ保証されたといっても過言ではなかった。それは裏を返せば、殺してくれと懇願しようと一生地獄が続くと言う事でもあった。

そしてその日はとうとうやってきた。

女王に失礼のない程度に身なりを整えられ、押収した財産からその支度がなされた。以前のラウラと比較するとかなり控えめではあるが、再びドレスを着られた事にラウラはご満悦のようで貢ぎ物の役割だというのにまるで公爵夫人のように振る舞っていた。

もちろん、誰も言う事を聞く者はおらず手足の枷《かせ》が罪人である事を示していたが……

「ラウラ……今度は上手くやってくれるね？　女王は難しい人だ、レディシーアを出れば私達は死罪。彼女にさえ気に入ってもらえれば生活と命は保証される……」

「……ふんっ！　分かってるわよ！」

二人は馬車の中、我儘《わがまま》な妻を宥《なだ》める優しい夫として普通の夫婦のように過ごした。そんなセドリックにラウラも絆されていくような気がしていたが、それが二人の夫婦としての最後の時間であった。

「到着しました。降りて下さい。……それでは、今から貴方方はオーヴェル国とは無関係のレディシーア国のセレティア陛下の臣下です。その処遇は陛下に委ねられました」

セドリックが緊張の面持ちで頷いて馬車を降りると、同じく緊張したように黙っているラウラをエスコートした。

赤を基調とした城はどこか毒毒しくオーヴェルの王宮とは違った怪しげな雰囲気を醸し出していた。

「女王陛下、セドリックが参りました。ご存じの通り平民となりましたのでファミリーネームはございません。此度の事、女王陛下のご慈悲に感謝致します」

礼儀正しく膝をついて挨拶をしたセドリックを真似るようにして、膝をついて頭を下げるラウラは、セレティアの雰囲気に鳥肌が立った。

（シャルロットとは訳が違うわ、かなりヤバい女……敵わないわ！）

　赤い髪に深い緑色の瞳、外見からしてシャルロットとは似ても似つかないセレティアは、一瞬射抜くようにラウラを見た後、優しく微笑んでセドリックに声をかけた。

「いいの、まだ少女の頃オーヴェルで迷った時貴方に会ってから、ずっと貴方を想っていたのよ。異常なほどに一途な、執着とも言える愛……いつか私に向いてほしいとそう願っていたの!!　なんて素敵な日なの!!」

　大人びて見えるが、実はセレティアはシャルロットよりもいくつか若い。幼少期、継母である当時の王妃リンナに虐《しいた》げられていたセレティアにとって、他国で優しくしてくれたセドリックは理想の男性に見えたのかもしれない。なお、国王であった父の死後、母と娘の立場は逆転している。

「……光栄でございます。こちらが妻の……」

「あぁ。離縁でいいわね。けれど、フォックスの令嬢を苦しめたコレは特別に目をかけてあげるわ。お義母様に世話をさせましょう」

「なッ!?　陛下!!　私は離縁など……イタっ」

ラウラが怒りの形相で反論しようとすると、飛んできたのは、高価であろう彼女の真っ赤なハイヒールであった。

「黙りなさい。そうね、犬にドレスはいらないわ、引き裂いてしまいなさいセドリック。貴方には王配の地位を空けておいたわ、ふふ」

「ラウラ！　……陛下、どうか彼女にご慈悲を」

セドリックがラウラのために頭を下げると、セレティアは人が変わったかのように後ろの見目麗しい騎士に合図し、セドリックを何度も鞭で打たせた。

「やめて下さい！　私の夫なのよ‼」

ラウラは金切り声を上げて震えたが、セドリックが『ラウラのドレスを引き裂け』という命令にイエスと言うまでそれは続いた。セドリック本人への体罰では効かないと分かると、セレティアは搦《から》め手に出た。

「セドリック、貴方がどうしても私の言う事を聞かないなら、貴方が必死で守っているラウラを殺してしまおうかしら？　それとも貴方が守っているのは『ラウラ』ではなくて『フォックス侯爵令嬢がこの場にいたら好いてくれる優しい自分』？　どちらにしても私の言う事を聞いた方がいいわよ。貴方が私の王配になって、ずーっと私を愛してくれるなら、夫婦で隣国に行った時にフォックス侯爵令嬢と顔を合わせる事ぐらいは許してあげるわ」

最終的にはこの言葉に陥落したセドリックはあっさりとラウラのドレスを引き裂き、ラウラは一糸纏わぬ姿で涙ながら跪《ひざまず》く事となったのだった。

「ラウラ、良い子ね。さぁ靴を取ってきて？　分かっているわね、犬は二足歩行しないわ。ふふふ」

ラウラが這って靴を取りに行き、セレティアに手渡そうとして鞭で打たれ、泣きながら彼女の足元に置けば、女王は、まるで覚えの悪かったペットが初めて言う事を聞いた時のように無邪気に笑ってみせた。

「偉いわ！　でもこれはもう捨てるのよ！　さあ、首輪をつけてあげたわ、お義母様に預けておいて」

無理矢理首輪をつけられ泣きじゃくるラウラにいたたまれない思いを抱くセドリックだが、奥の扉を開けて現れた女性の姿に全てが吹き飛んだ。

セレティアが『お義母様』と呼ぶのはかつての王妃……今は王太后となったリンナのはずだ。王妃時代にオーヴェルに訪れた姿を遠目に一度見たきりだが、目の前の女性には確かに面影がある。しかし、彼女の纏う服装は、奴隷か、そうでなければ場末の踊り子のようなあられのない姿だった。手綱こそないが首輪までつけられている。

確かにかつてのセレティアは、他国の貴族であるセドリックでさえ分かるような継母からの折檻の形跡があり、女王即位後は己がされた事をやり返していると噂で聞いていたが、目の前の現実はセドリックの予想の範疇を軽々と超えていた。あまりの衝撃にセドリックが動けずいるうちに、リンナに手綱を持たれたラウラは半ば引きずられるように別室へと連れていかれてしまった。

（ラウラ、すまない……）

セドリックは心の中で無力な自分を詫びたが、その更に奥では、王配でさえいればまたシャルロットに会えるかもしれない、ただそんな思いが心を占めていた。

セドリックとラウラがオーヴェルを出た日からどれほどの月日が経ったのだろうか。セドリックは今日も城の奥、国民達には知り得ない女王だけの楽園で彼女の夫としてお飾りの王配を務めていた。

彼女の裏の顔は上位貴族達にとっては暗黙の了解であり、彼女は殺しはしないため、気まぐれに趣味の悪いペットを連れてくるようなものだと誰もが目をつぶっていた。

今日もセドリックは真面目な報告をしている貴族達の目の前で白昼堂々、セレティアを膝に乗せて彼女に弄《もてあそ》ばれながら形だけの公務をしていた。

上機嫌なセレティアに耳や首筋をなぞるようにキスをされている彼に、視線を気まずそうに彷徨《さまよ》わせる者はまだ良心がある方で、多くの貴族達は嘲笑う者達ばかりだった。
女王の機嫌がいいので皆はセドリックを生贄程度に考え裏では彼を裸の王配だと笑っていた。

彼女が望めば、いつどこでだってセレティアを満足させるために跪《ひざまず》き彼女に顔を埋めたし、その身を差し出した。いつかシャルロットに会えると信じて公の場では王配として振る舞った。

「セドリック？　……私を愛してる？」

「ええ。もちろんです、セレティア様」

公務の後、見目の麗しい男達が待機させられている部屋で、セレティアは命令する。

「じゃあ、ココで私の名を呼びながら私への愛を証明して見せて。私はこの子達《ペット》と見ているわ。上手く出来たらご褒美をあげる」

「……はい」

セレティアの名前を呼び、愛していると叫び、滑稽な痴態を演じる。セレティアが一通り満足する頃、部屋にはセドリックとセレティア、見目の麗しい男達の他に、ラウラの姿があった。

その姿は美しく保たれているものの、正気を失った瞳は女王セレティアに幾度となく敗北し諦めた者の姿だ。セドリックのかつての妻だったラウラは、この国に来てからというもの、毎日幾度となく男達に嬲《なぶ》られ抱かれ、屈辱と快楽にその可愛い顔を歪めていた。

そして、セドリックの現在の妻である女王は、他の男達を飼い慣らしながら幾度となくセドリックの愛を確かめていた。

（っ、異常だ）

セレティアが、声だけは年相応にはしゃぐ。

「見て、セドリック。ちゃんと躾をしたの！　なんでもするわ!!　ほら、ラウラ！　皆にキスして差し上げて」

「……っ」

かつては確かにセドリックを愛していたラウラが、目の前で他の男にキスをして回る姿を見せつけられる。

「セドリック、来て。私を満たして」

「ああ、愛しているよセレティア」

ラウラの目の前でさもセレティアを愛しているかのように接する事を強要されたセドリックは、セレティアに近づき彼女を抱きしめた。妙な罪悪感と異常な雰囲気の中、ふとシャルロットを思い出す。

たかと背筋が凍った。

(あぁ……、私も同じだ)

セドリックは急に自分のしていた行動がどれほどシャルロットを傷つける行為であったか分かる気がした。目の前で、ラウラが自分以外の人間と愛し合っているかのような状況を見せつけられるこの状況で初めて、自分がシャルロットの前でラウラとしていた行為が、セレティアの命令でラウラと他の男達がしている行為と同じだったのではないかと背筋が凍った。

(仕方がない状況だからラウラを恨まずにいられる。だが……これが望んでしていたらどうだっただろう……きっと、違法薬物売買に関する処罰に巻き込んでおいて、自分を捨てる彼女を恨んだだろう。それなのに、シャルロットを私の思い通りに躾けようなど……まるで私は……)

セドリックは、自分の腕の中にいるセレティアを見て静かに言った。

「セレティア様と、私はよく似ていたようです」

セレティアは不意を突かれたような顔をしたがニヤリと笑った。

「一目見た時から気づいていたわ。私と似ているからこそ、貴方を愛しているのよセドリック。貴方だけは壊さないようにずっと側においてあげる」

そう言ってラウラを呼んだセレティア。近づいてくるラウラは、ぼろぼろと泣いていた。セドリックの側に来る事を許された時だけ、彼女はこうして涙をこぼすのだ。悔しいのか、苦しいのかどのような感情なのかは分からなかったが、ラウラを見てセドリックは心を痛めた。

「もう許してよ、欲張りすぎたのは認めるから……」

ラウラの言葉に、セドリックは自分を嘲笑った。シャルロットもラウラも、と欲張ったのは自分の方だ。愛情も金銭も正妻の地位も、とねだったラウラとも、自分はよく似ている。シャルロットに似合いの男になるならば彼女にこそ似なければならなかったのに、気づくのが遅すぎた。

「許す？　感謝してもらわなくっちゃね？　行きましょう、セドリック！」

無邪気に笑うセレティアの笑顔が怖くなった。

「貴方達二人は今度、オーヴェルへの同行をお願いするわ。王太子の婚約者が決まったとかで、祝賀会の来賓に呼ばれているの。祖国に行けるのは嬉しいでしょう？」

（早めに気づけたとしても、きっと私は変われなかっただろう。思い通りにしたいと君を閉じ込めていただろう。けれど、今なら自分の罪が分かる。一目だけ、君を見たいよシャルロット）

「はい。セレティア様」

「良かった！　私、アイツ怖くて、馬が合わないの。貴方、親戚でしょう」

その表情だけは年相応の女性にも見えるセレティアは扉の前にいた、継母であり王太后でもある女性の手綱を引きながら歩みを進めていった。

「オーヴェル……」

取り残されたラウラだけが朦朧とした意識の中、シャルロットの顔を思い浮かべて、気が狂ったように笑っていた。

「あはははははははは!!　そうよ、全部あの女のせいよ！　殺してやるわ、地獄へと道連れにしてやる!!」

日頃、シャルロット嫌いを常に口にするセレティアに取り入るという意味でもそれが効果的だとラウラは思った。

だが、ラウラはことごとくセレティアの思惑を読み違えていた。セレティアはシャルロットが大嫌いだが、シャルロットに手を出す事をそれ以上に嫌がった。何故なら、『シャルロットはジルベールのお気に入り』という認識があったからだ。

ジルベールの容姿を気に入り彼を手に入れようとした時も、彼一人を手に入るために隣国ごと落としてしまおうと画策した時も、直接向かい合って話した時も、セレティアはことごとくジルベール本人にしてやられてきた。そのためセレティアは、ジルベールを畏怖している。そのせいでオーヴェル国とレディシーア国の関係が、表向きは同盟国であるが、実際はほぼ従属国である事も、ジルベールへの畏怖に拍車をかけている。

しかし、セレティアがジルベールを刺激する事をとても嫌がるのをラウラは知るはずもなかった。

「私をこんな目に遭わせた借りを返すわシャルロット……」

久々に光を宿したラウラの瞳は、シャルロットへの逆恨みと、野心で燃えていた。それは最早、道理や常識など通用しない、全てを失ったが故になりふり構わぬ者の目であった。


時は少し遡る。オーヴェル国では、ラウラ達がオーヴェル国を去った後、しばらくなかった穏やかな時間が流れていた。

自由を取り戻したシャルロット・フォックス令嬢宛に侯爵邸には沢山の縁談や、求婚、求愛の手紙が送られてきていた。シャルロットはそれらを見渡して、困ったように幼馴染に問う。

「ノア……読まずに捨てるのは失礼だと思う？」

「……キリがない。読まなくても良いだろう」

彼女の幼馴染で彼女の騎士であるノアは手紙の整理をするシャルロットの傍らで、鋭くその手紙を睨みつけている。

そして、そんな求婚、求愛続きのシャルロットに心中穏やかではない者がもう一人いた。

「お嬢様っ、王太子殿下がいらしております！」

「……？　ジル様、何かご用事かしら……」

不思議そうにしながらもどことなく嬉しそうなシャルロットの横顔にチクリと胸を痛めながらも、ノアは思わず微笑んでため息をついてからシャルロットの後を歩いた。

「お越し下さり、感謝致しますわ。ごきげんよう、ジル様！」

「ああ。シャル、ノア、ごきげんよう」

ジルベールは、シャルロットへと改めてプロポーズしたかったのだが、事件が終わり冷静になると、なかなか言い出せずにいた。

（やはり、純潔だと王妃になるに有利だからだと誤解されないだろうか？　離縁の後にすぐだと、焦っているように見える？）

「僕の気持ちを全て伝えるにはこの世の言葉では足りないな……」

「えっ？」

「……？」

漏れ出てしまったジルベールの心の声に、キョトンとした顔のシャルロットとノア。そんな二人を見てジルベールは、笑顔のまま凍りついたと思ったら、両手で顔を覆ってしまった。

「申し訳ない……僕は思っているより余裕がないようだ」

ノアは軽く目を見開いて、ふっと笑ってから、真っ赤に頬を染めたシャルロットの肩にぽんっと手を置いて、「ジルがいるなら護衛は大丈夫だろう。近くにいる」と部屋を出てしまった。

「シャル、予想していると思うんだけど……」

「はい」

「貴女《あなた》がまだ時間が欲しいなら、待つつもりだ。あの程度の男に貴女《あなた》が穢されていないと確かに安心はしたが……どんな過去も、どんな貴女《あなた》も愛している。今も昔も変わらず……シャルは僕の唯一の愛する人なんだ」

ジルベールはそこで一呼吸置き、言葉を続ける。

「貴女《あなた》を悲しませないし、誰にも貴女《あなた》を傷つけさせないと誓う。きっと、幸せにする……立場上、苦労をかけるが僕が守るから、僕と……っ!?」

シャルロットがジルベールの言葉を最後まで待たずに、恥ずかしそうにしながらも彼の首に腕を回し、彼の唇にそっと触れるだけのキスをした。

ジルベールはシャルロットを受け止めたまま、頬を染めて珍しく動揺した素振りを見せたが、シャルロットはとても嬉しそうに、告げる。

「いつ伝えてくれるのかと、待っていました。傷物だし、王太子妃として頼りないかもしれないけれどジル様の事を誰よりも愛しています。……私でよければ、貴方の妻にして下さい」

「……っシャル、貴女《あなた》は本当に……！　僕が伝えるつもりだったのに、……愛しているよ。貴女《あなた》よりふさわしい人はいないから安心して」

二人はぎゅっと抱き合った後に、幸せそうに微笑み合った。

わざわざ彼自身が邸《やしき》を訪ねたのはシャルロットに求婚する者達の多さから、落ち着かなくて会いに来たのだが……きちんと伝えるべき用事もあった。

フォックス侯爵家の陞爵の報告であった。

モンフォール公爵家の爵位剥奪により空いた公爵の地位にフォックスを推した貴族が多く、国王もそれを喜んだ。それによってフォックスがこのたび侯爵から公爵に陞爵するので、祝賀会を盛大に開きたいという国王からの言伝であった。

それをシャルロットに伝えると、驚いた後に楽しそうに笑う。

「お父様ったらとても驚くわね……ふふ」

その顔はまるで、悪戯《いたずら》を思いついた子供のような表情だ。

「僕達の報告を聞いても、きっと驚くだろう」

ジルベールが自慢げに言うものだから、シャルロットは更にくすくすと笑ってしまった。

実際のところ、フォックス侯爵はジルベールとシャルロットの婚約の話を聞いて全く感情がついていかないようで、表情こそ眉ひとつ動かさなかったがもう空になったカップを何度も啜《すす》っていた。フォックス侯爵夫人もとても喜び、何度もジルベールに宜しくお願いしますと涙ながらに伝えてシャルロットを幸せにしてねと母親の顔で微笑んだ。

国王夫妻には翌日すぐに二人で謁見し伝えると、まるで、シャルロットを待っていたかのようにホッとした顔で涙ぐみながら祝福してくれた。「やっとだね」と言った国王の悠々とした、勝ち気な微笑みはジルベールとやはりそっくりであった。話を聞いたエリザが珍しく廊下を走ってきて、勢いよく扉を開けて飛び込んできたと思ったらシャルロットに抱きついて、「やっとだわ!!」と誰よりも喜んだのを国王夫妻は少し笑った。

幸せな空気が流れる中、ふとジルベールは国王に向いて確認する。

「父上、招待状はレディシーアにも?」

結局、祝賀会は陛爵と二人の婚約を一緒に祝う形となり国外からも貴賓を招いて三日間かけて盛大に行う事となった。通例に従うならば、その招待状はレディシーアにも届ける事になる。国同士の関係としてはオーヴェルの方が格上のため、送らなくても良いのだが、レディシーアから何か仕掛けてこない限り、不和を明示するような行動は望ましくない。

「建前上送らないわけにはいかないが……シャルロット、大丈夫かい？」

「大丈夫です。ジル様がいてくれますから。それに、平民となった彼らは出席出来ませんもの」

「そうだね、ではシャルロットは心配せずに王妃教育を受けなさい」

「はい、誠心誠意努めて参ります陛下」

そう言って見事なカーテシーをした彼女を見てから、国王はジルベールに目をやると軽く呆れるような仕草をした。

「せっかく、今日は年相応で可愛げがあったというのに……」

「まぁほんと……あの子ったらもうあんな顔をして」

「？」

二人が呆れたように見たジルベールの顔はもう、シャルロットに恋する男ではなく王太子としての表情だった。皆が憧れるカリスマと恐怖すら感じる冷酷さを瞳の奥に秘めて、何かを考えている様子だ。

「レディシーア……女王《セレティア》は大人しく来るかな？」

呟いた後、にやりと唇の端だけを上げた息子を見てクスクスと笑う国王は楽しそうだと内心思う。

「はぁ……貴方に似たのですね……」

王妃のため息は誰にも聞かれる事はなく消えていった。


祝賀会まではあっという間に過ぎ、シャルロットは次期国王であるジルベールの妻として王妃教育を見事、短期間で完了させた。

フォックス侯爵令嬢としての仕事は、もうこのパーティーを見事成功させるのみで、それが終わればシャルロットは王宮で次期王妃として公務に勤しむ事となる。社交界でも、フォックス侯爵令嬢としてではなく王太子妃として中心に立つ事となるだろう。

侯爵邸でパーティーの準備を終えたシャルロットを、着付け担当の侍女が口々に褒めそやす。

「お嬢様、とてもお綺麗です！」

「天使が舞い降りたようですわ！」

シャルロットの透き通るような白肌は柔らかい白のドレスに包まれて常より更に磨き上げられている。温かみのあるピンク色の髪はキラキラと輝いて、王妃より贈られた小ぶりのティアラが彼女の頭の上を控えめに飾っていた。

上品かつ、贅沢に最高級のレースが使われたAラインドレス、それに揃いの手袋と靴は全てエクセルシオールで仕立てられたものである。また、王妃以外にティアラをつけるのを許された女性はエリザの他にはシャルロットだけであった。

プラチナと大きめのダイヤで作られた品のいい婚約指輪は世界にひとつだけ、ジルベール自らデザインしオーヴェル一の職人が作った細工にこだわったものであった。

彼女を呼びに来たノアは、扉を開いたっきり凍ってしまったのではないかと思うようにピタリと動かなくなってしまい、ジーナに恐る恐る肩を叩かれるまではそのままの体勢を保った。

「ハリソンフォード卿……？」

「……あぁ、すまない。……とても綺麗だ」

あまりに真剣にそう言うので、シャルロットは少しくすぐったい気持ちになってふざけた。

「今からその言葉を聞こうとしていたのよ、ふふ」

「なら、ちょうど良かったな。おめでとう、シャル」

「ノアはエリザのエスコートをするのね！」

「あぁ、お互いに都合が良いからな」

「それなら安心ね！　もう時間かしら？」

「……そうだったな。ジルが待ってる、行こう」

　そう言ってエスコートする仕草をしたノアの手を取ってシャルロットは馬車に向かった。祝賀会の会場は王宮内であり、馬車を使えばフォックス侯爵邸からさほど時間はかからない。また、会場に着けばシャルロットのエスコートは婚約者であるジルベールが行うため、ノアのエスコートは必要なくなる。

　ノアにとってこれが、彼女を愛する男としてエスコートする最後の機会だと、彼は馬車までの長い廊下をシャルロットをとても大切にエスコートした。

　そんなノアの性格をシャルロットはよく知っていた。シャルロットもまた彼の気持ちを汲《く》み取って、あまり多くの言葉を交わす事はなかったが、その想いはちゃんと届いており、いつかもっと大切な人と彼が幸せになりますようにと願った。

　ただ、お互いにこれからも良い友でいられると言う事も感じていた。

シャルロットを愛おしげに見つめていたノアの瞳は、馬車が王宮に着いて彼女を送り出す時にはもう幸せを願って見守る優しい微笑みに変わっており、彼なりの決意とケジメを表していた。

「……ノア、ありがとう。いってきます」

「シャル、幸せにな……」

「ありがとう。でも、永遠の別れじゃないわ、ノア」

「あぁ、安心出来るまでは離れてやれないがな」

「もう、会場ですぐ会うでしょって言いたかったの」

「おっと、僕の未来の妻は早々に騎士様に奪われてしまっているようだ」

クスクスと笑って「冗談だよ」と言いながら歩いてきたジルベールはノアと揃いのデザインの耳飾りを揺らして少し笑った後ほんの少しだけ不安げに、瞳を伏せたままノアに尋ねた。

「僕達はまだ、義兄弟だよね？」

どちらが選ばれても恨まないと誓いを立て、抜け駆けを企てたのはシャルロットに贈るプレゼントの件で互いに一度だけ。そのような後ろ暗いところのない状況であっても、恋敵として勝敗がついてしまえば、思うところはあるだろう。しかしノアにとっては、先に本人にも伝えたとおり、ジルベールに恋をするシャルロットこそが、初恋の女性なのだ。

「当たり前だろう。誓いの耳飾りは見えていないのか？」

からかうようににんまりと笑うのでジルベールは顔を背けて、「聞いただけだよ」と急いで返事をした。

「ジル」

「言わないでもいい」

「いや。おめでとう。必ず幸せにしてやってくれ」

「……ありがとう、ノア」

そう言って握手した二人をソワソワと見るシャルロットの手を今度はジルベールが引いて、エスコートした。

物腰は柔らかく国民にも臣下にも分け隔てないが、その美しすぎる外見と、自由な振る舞い、非情ともとれる決断力が相まってどこか別の次元の人のように思われているジルベール。しかしシャルロットの前では、ただの一人の男性として愛する人を愛おしげに見つめ、エスコートする指先さえも壊れてしまわないようにと優しく触れる誠実で少し心配性な婚約者であった。

そうやってゆっくりシャルロットと歩いていくジルベールを見て、ノアは少しだけ笑う。

（敵の首など笑顔のまま一瞬で刎《は》ねてしまうような男が、シャルに触れる時はあんな顔をするのだから誰も敵わないよ）

騎士団の中にはそんなジルベールの姿の方が不気味だと顔を青くする者もいたが、ノアにはとても嬉しく感じた。

「お兄様ったら、あんな顔では幸せだと言わずとも分かるわね」

「……エリザ」

突然現れたエリザに少し驚きながらも、きちんと彼女の前で礼をしエスコートの形をとったノアに、少しだけ顔を赤くしたエリザもまた幸せそうに微笑んだ。

「私からも……祝福してくれてありがとう。貴方にとって大切な想いだったはずなのに。そんな誠実な貴方だから……いえ、なんでもないわ」

「？　……エリザ。それは、慰めてくれているのか」

「もう！　ほんとに鈍いのね、……さっさと行きましょう」

「ああ、感謝するよ。……行こう、姫君」

にやりと悪戯《いたずら》っぽく笑ったノアにエリザが「そうやって今更姫君扱いされても逆に気

持ち悪いわ」と言う。それを聞いたノアが笑うのでエリザも笑った。

珍しく、真っ赤なドレスを着ているエリザは祝賀会に何か思うところがあるようだ。

問題でも発生したのだろうかとレディシーアの事情に疎《うと》いノアが聞くより早く、エリザは王宮が所有する一番大きなホールを睨みつけた。

「ノア、レディシーアは手ぶらで来ないわ」

幼馴染四人の幸せを邪魔する者達と常に社交の場で戦ってきたエリザの青灰色の瞳は、今もまた、宴が戦場となる事を、誰より早く察知していた。


煌びやかで豪華なホールには既に、オーヴェルの貴族や近隣国の王侯貴族が集まっていた。綺麗に飾られた花に、美しく並べられたお酒やスウィーツ、着飾った貴族達は次々と王族への挨拶を済ませて、歓談していた。

ジルベールにエスコートされ入場したシャルロットを見て多くの子息達はあの王太子が相手では勝ち目はないと落胆した。そして、ノアにエスコートされてきたエリザの入場の際もまた落胆のため息をついた。

「なんて……お美しい方々なんだ……とても自分がと名乗りを上げる事など出来まい」

「王太子殿下はシャルロット様を娶《めと》るおつもりかしら？」

しばらく、穏やかに挨拶回りをする時間が過ぎると壇上にてフォックス侯爵家が陞爵し公爵家となる事、ジルベールとシャルロットの婚約と結婚式の日取りが国王により発表された。

会場は歓喜と、祝福の雰囲気に包まれパーティーは更に盛り上がる。

「はは、私もとても嬉しく思っている。本日の祝賀会、皆ゆるりと楽しんでほしい」

国王が少し長めの金髪をさらりと揺らして嬉しそうに微笑む。そのまま彼は、淑やかに美しい所作で自分と同じように微笑む王妃の手を取って踊り始める。二人のファーストダンスを初めに、本格的にパーティーは開始となった。

「シャル、疲れていない？」

「ふふ、大丈夫です。ジル様こそお父様に捕まってしまって……」

「あはは！　あんなジリアンは初めて見たよ。余程貴女《あなた》が大切なんだね」

普段、「宰相」と役職で呼ぶジルベールがあえて名前を呼んだという事は、彼はシャルロットの父に臣下ではなく家族として対等に接する事を許し、父はここぞとばかりに娘を送り出す親の気持ちを切々と語ったのだろう。家族の気持ちが面映ゆく、また、それを受け入れてくれたジルベールに対して、温かい気持ちが溢れ出す。

仲睦まじい二人を淑女達は頬を染めて憧れの視線で見ていた。

一方エリザは……

「ご機嫌よう、王女殿下。……まぁ、赤がとてもよくお似合いね……」

「セレティア女王陛下、お久しぶりですわ、そちらは一体……」

（どういう事？　平民である彼が何故ここに）

「あぁ！　セドリック？　彼は王配となったのよ。ご挨拶が楽しみだわ」

セドリックは王太子とシャルロットの姿を遠目に見て、傷ついたかのような表情で俯《うつむ》いていた。彼のスカーフの下にチラリと光ったペット用の首輪を見つけて、ノアとエリザは一瞬視線を合わせる。

「王女殿下のパートナーもとても綺麗ね……」

「大切なパートナーでお兄様とは義兄弟の契りを交わした唯一無二の友ですのよ」

ノアに目をつけた女王の考えをお見通しとばかりに、エリザがお兄様と口に出すと、セレティアは顔を引き攣《つ》らせてふと、遠目にジルベールを確認した。

「そ、そう」

「相変わらずなご趣味ですこと。シャルに飼い犬が噛み付く事のないようにお願いしますね。陛下の首と胴体が泣き別れになっても構わないのでしたらお止めしませんが……ふふ」

笑顔でそう言ったエリザに、青筋を立てて一歩踏み出したセレティア。二人の間に割って入るようにセレティアの前に立ちはだかったのは何も感じ取れない無表情のノアであった。

「では、私達はこれで。レディシーア夫妻」

そう言って見下ろしたノアに、内心憤慨《ふんがい》しているセレティアは勢いよくセドリックを呼びつけて歩いていった。

（アイツもきっとフォックス侯爵令嬢を愛しているんだわ！　憎たらしい！）

どうやら、シャルロットとジルベールも一旦休憩に庭へ出たようで、うっかり鉢合わせない事をノアとエリザは祈った。

「セドリック‼　貴方、黙り込んでばかりね‼」

庭の物陰で発散するようにセドリックを辱《はずかし》めるセレティア。小さく声を漏らしながら耐えるように無抵抗なセドリックの脳内はシャルロットの幸せそうな笑顔でいっぱいだった。

（私は一度でもあんな笑顔にさせられただろうか……美しいシャル……）

後悔と自責、久々に見たシャルロットへの込み上げる気持ち、無慈悲にもこのような場所で与えられる快感に耐えながら、後悔していた。

そこにたまたま通りかかったのがシャルロットとジルベールで、彼らはすぐそこの東屋に向かい、寄り添い合った。

「あら……いいところにいるわね、見てセドリック」

ちょうど二人が触れるだけのキスをしたところで一気に血の気の引いたセドリック。

彼をチラリと見てからセレティアは舌打ちして「早く死ねばいいのにあの女」と呟いた。

どうやらジルベールは気配に気づいたらしく、まるで警告するようにこれみよがしに呟く。

「どうやら野犬でも紛れ込んだかな？　……大丈夫。貴女《あなた》に噛み付くような事があったらその頭を落としてあげる」

そして、気配に気づいておらず文字通り野犬と受け止めて、心配そうなシャルロットの頭を撫でながら会場へ戻った。セレティアとセドリックも二人の後を追うように会場へと戻る。

セドリックはセレティアの手が小刻みに震えている事に気づいた。冷酷非道な女王といえど彼女は年若い身で何度もジルベールに負かされ耐えてきたのだと、セドリックは久しぶりに思い出す。「彼を恐れるのは……、多くの人が同じです。大丈夫」と頼りない口調で言ってみるものの、セレティアから返されたのは「放っておいて!!　生意気な」

という怒号とビンタだった。そんな派手な音が、会場内で響いた貴婦人達の悲鳴でかき消される。

「キャー‼」

「な、なんだ！　痴女か⁉」

「シャルロット様‼」

急いで会場に向かうと、その光景を見たセレティアは顔面蒼白となり冷や汗が溢れ出た。

シャルロットの前に立ちはだかり、剣を突き出しているのは、セレティアが着せていた肝心なところは全く隠れていない煌びやかな踊り子のような衣装のラウラであり、同じような衣装の男が数人シャルロットとジルベールを取り囲んでいた。

ラウラはオーヴェルの元公爵夫人なのでついてくれれば共に亡命させてやると奴隷の男達数人を騙して、セレティアの部屋を逃げ出してきたのだった。

「なんで！　繋いできたはずなのに‼」

表向きは善王であるセレティアは、ラウラ達を表立って罵る事も出来ず、ジルベールの顔を見て、ラウラを見ては真っ青になった。

「シャルロット‼　見なさいよ私のこの姿を‼　全部アンタのせいい‼」

シャルロットは顔を青くしながらもラウラをキッと睨み返して「誰かに頼まれたの？　それとも自主的に？」と問う。

「どっちでもいいでしょう！　もうアンタを殺してあの方に喜んでもらうしか生き残る道はないのよ!!」

「その剣には、レディシーアの紋章が入っているね。僕の妻になる人にその剣を向ける事の意味をお前の主人は分かっているのかな？」

ジルベールと目が合ったセレティアは急いで走ってきて、ラウラをその場で何度も平手打ちした。

「やめなさい！　やめろ！　勝手な事をしてッ!!　私を殺すつもりなの!!」

「ひっ！　やめっ！　女王陛下……っ、ごめんなさい!!」

ラウラが連れてきた奴隷の男達は判断に迷ってその場から動けず、ボロ雑巾のように殴られるラウラをただ眺めていた。貴族派達は侮辱の目、軽蔑の目、嘲笑、様々な視線でラウラも、無様に取り乱すレディシーアの女王をも突き刺した。

「ち、違うの……ジルベール殿下、あの……皆様これは……この子の悪ふざけで……っ、私を困らせようと……」

無意味な言い訳を並べるセレティアから視線を外したジルベールは、ふと、セドリックを見た。彼は元々オーヴェルの公爵であり、王家ともそう遠くもない血縁、この状況がレディシーア王家にとってどれほどまずいかは理解している。国の紋章が入った剣を、別の国の貴族、それも王家の婚約者に向けるなど、宣戦布告と受け取られても仕方なく、償うには容疑者の首だけでは足りない。

　セドリックはジルベールの腹はもう分かっていると言うようにまっすぐ彼の目を見て、ひとつ頷いてから、そっと瞳を閉じて、膝をつきジルベールに平伏した。

　シャルロットにも、ノアにも、エリザにも、この行動の意図は伝わる。シャルロットは、かつて夫だった彼の姿に静かに一筋だけ涙を流した。

（彼は、罪を受け入れるつもりなのね……）

　そんなシャルロットの不意を突く形で、ようやく判断がついたのかそれとも自暴自棄になったのか、奴隷の男達が襲い掛かる。しかし彼らは一瞬で、ジルベールと駆けつけたノアにより斬り落とされ絶命した。混乱する会場の悲鳴と共に、セレティアは力なく膝をついてジルベールを見てから、震える身を隠す事もせずに俯《うつむ》いて目を閉じた。

　セレティアは、否、厳密に言えばレディシーアは、ラウラと奴隷の男達のせいで、後がない状況どころか、最早終わり方しか選べない状況に転落したからだ。

　その瞬間、ラウラが吠える。

「シャルロットォ！　お前さえいなければッ!!　皆、私のものだったのに!!　お前に消えてほしいと女王が言うならこうするしかないのよッ!!　女王もしっかりしなさいよぉおお!!」

転がった男達の剣を拾って無様に振りかぶりながら、自らの装いを恥じる事もなく大きく剣を振るラウラは一瞬にしてその勢いを失い、本能的な身体の震えが起こる。

「えっ？」

ラウラは一瞬、感じた事もないようなジルベールの殺気に当てられ自らの死のイメージが浮かんだ。次の瞬間に感じたのはノアによって思い切り蹴り飛ばされた腹部と背部の痛み。そして、ラウラの首を落とすはずだったジルベールの剣を拾った剣で受け止めたシャルロットの姿だった。

「もっと上手くやると思っていたわ、役立たずの雌ブタが……ッ」

セレティアの足元に転がり伏す形になったため、ラウラを横目に睨みながら呟いたセレティアの震える声が聞こえた。

「シャル……、貴女《あなた》は優しすぎるよ」

「ジル様、なりません。彼女達にはきちんと然《しか》るべき処置を……」

たとえこの場でジルベールが彼女達の首を刎《は》ねても誰も咎《とが》めなかっただろう。彼は元々そういう人なのだ。

けれどシャルロットはそれを望まなかった。

ため息をついて、仕方なさそうに剣を鞘にしまうと、ジルベールはシャルロットの剣を優しく取り上げて彼女の手を大切そうにそっと握った。

「すまない……怪我はしていない？」

「大丈夫です。ジル様やノアとはよく練習したでしょう？」

まるで猛獣を手懐けた少女でも見ているようだった。ガクガクと震える身体が止まらないまま、セレティアが青い顔でその奇妙な光景に混乱していると、ジルベールの凍《い》てつくような視線が彼女を見た。

ひしひしと感じる殺気にチラリと冷や汗を流しながら、背後を確認するように瞳だけを動かすと、先程エリザと一緒にいた騎士が、警戒するようにセレティアを監視していた。まるで美しい銀狼にでも睨まれているかのような殺気、自らがちっぽけな小動物にでもなったような気持ちになった。

（前には虎、後ろには狼……美しいのは見た目だけでコイツらはイカれてるッ!!　だめ、死ぬわ……ッ）

「……セレティア女王陛下、言い訳は？」

る事となった。

「あ……、いや」

もう、セレティアには王族である事を主張し命からがら国へ逃げ帰っても、オーヴェルの手を逃れる手はなかった。セドリックにとっても、戦争に発展し両国の兵と民を無駄死にさせる事は好ましくなく、きっと最後の、そして初めての王配としての発言をする事となった。

「差し出せるものは私どもの首しかありません。どうかそれでお収め下さい……」

「うん。流石よく分かってるね」

この場にそぐわぬほどの軽い声色に柔らかい口調、まるでとぼけているようにも見えるジルベールはセドリックの発言を褒めたがそんなジルベールの見目に騙されてはいけないと、多くの貴族達が身震いした。

彼は戦地でも柔らかく微笑むのだ。

そんな貴族達の怯えた雰囲気を感じ取ったのか、国王はジルベールを制止した。

「ジルベール、後にしなさい」

国王の言葉に一度は頷きかけたジルベールだが、シャルロットの真っ白なドレスに穢らわしく飛び散った赤が視界に入ると、彼の瞳の奥が黒く深い闇を纏う。シャルロットに剣を向けられた怒りを収めるにはまだ時間が足りなかったようだ。

シャルロットが苦しんだ月日、彼女が感じた恐怖。全てがジルベールの怒りの元であった。

ジルベールの笑顔を見て、彼女の幸せの瞬間をぶち壊すこの茶番をこの場で終わらせるつもりだと全員が悟り多くの者がギュッと目を閉じた。

「陛下、今のジルには言ってもだめよ。……貴方に似たようですね」

「本当に昔の陛下によく似ています」

王妃とフォックス公爵の言葉に、お手上げだと言うように背もたれにもたれて息を吐いた国王はもう何も発しなかった。

とはいえ、今のやり取りでジルベール以外はこの場での処罰を望んでいない事に気づいたのだろう、一縷の望みを賭けてセレティアが声を上げる。

「待って、ジルベール殿下！　ただ嫉妬したの、画策したわけじゃなくて冗談を本気にしたあの女が悪いのよ！　けしかけたわけじゃ……」

「どの道、お前の『ペット』として奴隷ではなく他国で誘拐された貴族がいると噂になってるんだ。証拠がないし、それ以外でもお前は尻尾を出さずに立ち回る事だけは上手いから何も出来なかったけど……あぁ煩《わずら》わしい隣国がやっと片付くよセレティア。レディシーアはオーヴェルが吸収する」

「ま……ッ!!　あげる！　国ならあげるから命だけは助けて」

「……」

氷点下の冷気にも似た殺気が飛ぶ。瞬間、この場の全員がセレティアの首と胴体が離れたのだと思った。

だがジルベールは眉間に皺を寄せて堪えるように深呼吸して、刃の裏でしたたかに殴りつける事で気絶させたセレティアを見下ろしていた。

「……シャルが望んでいない事はしない。コレらを拘束しろ」

王宮の騎士達にそっけなくそう言うと足で気絶したセレティアを騎士の足元へ軽く転がして床に転がるラウラを指さした。

「セドリック、……最期は潔かった。言い残す事は？」

そう振り返ってセドリックに問う。

セドリックは長くシャルロットを傷つけた自分こそ首を刎《は》ねられるだろうと覚悟した。

セドリックはグッと恐怖に耐えるように瞳を開けて、愛おしげにシャルロットを見つめた。

「傷つけてすまなかった。……シャルを愛している……ッ……」

ジルベールの正面からの蹴りで気絶したセドリックはその後の言葉を紡ぐ事が出来ぬ

まま仰向けに倒れ込んだ。

「くだらないね。……拘束しておけ」

眉間に皺を寄せて目を閉じたシャルロットはもう涙こそ流さなかったが、きっとこの彼の最期を忘れられないだろうと思った。

（きっと彼らはもう処刑を免れる事は出来ない）

「最期まで、ひどい人ね。さようならセドリック様」

瞳を閉じて静かに言ったシャルロットを心配そうに見るノアと、伏せ目がちにシャルロットの指先を握ったジルベールは彼女の静かな一言に、予期せぬ出来事ではあったがこれで彼女の不幸は全部終わったのだと悟った。

そして、ジルベールを止めただけでも驚愕すべき出来事であったにもかかわらず、即座に、場を騒がせたと動揺ひとつ感じぬ所作で詫びたシャルロットに、貴族達は皆、王妃としての資質を感じざるを得なかった。

事件のせいで祝賀会の初日は切り上げて終わり、家格の高い高位貴族達は用意された王宮の貴賓室へと戻り、それ以外の者は馬車で一旦王都のタウンハウスへと帰る。

シャルロットとジルベールも部屋へと戻ったが、あろう事かシャルロットはジルベールの頬を打った。

「シャル……申し訳なかった」

「それは何への謝罪ですか？　皆の前で奴隷とはいえ人を殺《あや》めた事？　パーティーを血の惨劇にした事？　レディシーア王族の首をあの場で刎《は》ねようとした事？　私が怒っているのはそんな事じゃありません！」

「じゃあ、何故……」

「同盟国であるレディシーアがかつて何度も、貴方を手に入れようと強行手段を取った事、その中には貴方だけでなく多くのオーヴェル国民を危険に晒《さら》すような企てもあった事、明確な証拠がなかったために見逃されていただけでレディシーアには元々後がなかった事は貴族であれば皆が知る事実です。けれど……貴方は王太子でしょう、私のために怒って……私情で冷酷な処罰を下す人間だと、万が一にも誤解を生むような事はしてほしくないの……」

「シャルロット、本当にすまない」

ジルベールの自由で時に傲慢とも言える行動は、彼らしさとそのカリスマを引き立たせる事も多くあったが、残酷で冷酷な王子だという評判に繋がる事も多かった。

シャルロットは、ジルベールが誰よりも国民を想っている事を知っていたし、守るべきものを守るためには時に残酷な判断や派手な見せしめが必要な事も知っていた。

彼はもちろんそれを平然とこなすのだが、だからといって人の首を刎《は》ねるのを楽しんでいるわけではないのだ。

しかし、国を守るための言動であっても国民は誤解する。シャルロット一人のために冷酷な言動を取れば尚更だ。振る舞いに一切の迷いや悔い、言い訳がなく、恐れられ恨まれようとも身ひとつでそれを受け止めて立つジルベールは王としては素晴らしいが、愛する人としては時に非常に痛々しかった。

シャルロットは決して自分一人のためにそのような行動を取ってほしくなかったのだった。

「けれど、私の幸せのために貴方が恐怖や不安を消し去ってくれようとしている事は知っているわ……とても嬉しいの。けれどあまり貴方を犠牲にしないで下さいね？　貴方はオーヴェルの光なのですから」

シャルロットはシュンとして謝るジルベールをぎゅっと抱きしめて、微笑んだ。

「でも、代わりに怒ってくれてありがとう、ジル様」

「シャル……僕こそ貴女《あなた》の強さと誠実さに気づかされる事が沢山あるし、救われているんだ。後で父上にもきちんと叱られてくるよ」

「そんな、……ふふ。はい、私も一緒に行きます」

それからの残りの二日はとても穏やかで素敵なパーティーであった。

彼とよく似た国王はあのような事は何も気にしないので、思ったよりもあっさりとしたものであったが、国王よりも王妃にこっぴどく叱られたジルベールだった。

けれど手法こそ手荒であれど近隣国の王族達は皆セレティアの趣味と裏の顔に手を焼いていたため、ジルベールを非難する者は誰もいなかった。

後に、コレクションとしてレディシーアに連れ去られた近隣国の第四王子が発見され祖国へと帰された。その事により、感謝の手紙に同盟国の申し出という収穫もあったのだった。

レディシーア王族の処刑に先んじてラウラの処刑が行われた際には、オーヴェル国中の貴族が集まった。

元モンフォール公爵家の第二夫人として大きく社交界を騒がせた彼女の最期は、処刑台の向かい側の見物台に座るシャルロットとジルベールを含めた王族と、シャルロットの後ろに立つノアに見守られながら呆気なく終わった。

「シャルロットォ！　アンタ絶対に許さないから……ッ!!」

セレティアとセドリックに至っては他国の王族であるために非公開で行われたがシャ

ルロットとジルベールはそのどちらにも立ち会った。

「シャル……無理しなくてもいいんだよ」

「いいえ、最後まで責務を果たします」

その後のジルベールは、どんな不幸からもシャルロットを守ると言ったその言葉通り圧倒的な力とその地位、聡明さで彼女の幸せを守っていた。

そして、シャルロットも王太子妃としての手腕はもちろん、オーヴェルの華と謳《うた》われたその美貌と聡明で優しい性格から社交会の華としても君臨し、様々な面でジルベールの力となっていった。

一連の事件により、過激派であった貴族派の家門の一掃と隣国レディシーアの吸収が行われ、オーヴェルは著《いちじる》しく発展したと同時に平和な時が流れていた。

全てが終わると時の流れはゆるりとしたもので、白を基調としたジルベールの自室には木漏れ日が差し込み、鳥の囀《さえず》りが和《なご》やかにオーヴェルの平和を奏でていた。

「ジル様……っ」

「ジルと呼んで」

「……っだめ、まだ明るいわ」

「貴女《あなた》が誘ったんだよ、ではジルと呼んでくれるならやめよう」

「……ジル……、ジル、愛してるわ」

「ほんとに……煽《あお》るのが上手なんだから……」

婚前の行為を悪としないオーヴェルだが、なんだかんだと、なかなか一歩踏み出せないでいるジルベールは今日も仲睦まじくいちゃいちゃとしているものの、足踏みしていた。先の会話も、合間に抱き寄せてキスの雨を降らせてはいるが、それきりである。

そして、そんな理性的なジルベールを少しだけもどかしく思うシャルロット。

（人を斬る時はあっさりしているのに、こういう時はとても理性的なのよね……）

とうとう決意したように、彼にぎゅっと抱きついて真っ赤な顔で、「では、煽《あお》ればジルは私にもっと触れてくれるの？」と言った。

真っ赤になったジルベールの焦ったような泣きそうな表情はシャルロットも初めて見る顔であり、思わず二人で赤くなった後にジルベールは深く、深くシャルロットに口付けて、そっと彼女を大切そうに組み敷く。

「……優しくするように努める」

「知ってるだろうけれど、初めてなの……至らないかもしれないわ」

「……っ、もう黙って」

「……っ！」

身支度に訪れた侍女達は、部屋から漏れる声を聞き、頬を染めながら王妃の元へと嬉々とした顔で報告へ向かったのだった。

そして、数ヶ月後に二人は正式に夫婦となった。シャルロットは王太子妃としてのカリスマ性はもちろん、それでいて決して近寄りがたくはない柔らかい雰囲気が下級貴族達からも支持を集めており、高位貴族達の支持については言うまでもなかった。

もちろん、ジルベールの人気とカリスマ性は相変わらずなのだが……彼は人気を集めているつもりはないらしく、その自由な発想は何度も国王である父を驚愕させ、オーヴェルを救っていった。

だが今、その誰もが敬い、憧れる王太子は公務の書類を片付けながら、窓から庭園で多くの人々に囲まれている妻を見つめてため息をついていた。王太子付きの使用人が声をかける。

「殿下、どうされましたか？」

「彼女は今日も忙しそうだね」

「ええ、とても頑張っておられますよ。もちろん、殿下の人気が一番の原因ですが……

王太子妃殿下のおかげで、いつの時代になく、貴族達の結束と統一感があると国王陛下と王妃殿下がお喜びになっておりました。社交に長《た》けていらっしゃるようです」

「そう。……あれは誰だ？」

「あぁ！　新興国のシューノルザから来月の舞踏会の来賓のために早めにいらした、ジレミア・シューノルザ国王陛下でございます。殿下とは近く歓迎の宴で顔を合わせるご予定だったかと」

「へぇ……」

庭園に、同伴の若い女を侍《はべ》らせて歩いてきた色気のある男は、シャルロットを見るなり石にでもなったかのように固まってしまい、しまいにはどことなく頬を染めているようにも見えた。

内心で舌打ちをして少しだけ窓を開けると、微かに聞こえる会話は使用人には聞こえておらずジルベールだけが聞こえているものらしかった。シャルロットの声がジルベールの耳に届く。

「あら？　シューノルザ陛下、ご機嫌麗しゅう。お会い出来て光栄ですわ、オーヴェルで、ご不便はございませんか？」

「……っ、あぁ、いや、……市井《しせい》に出てみたくて！　王太子妃殿下は市井《しせい》にもお詳しいと聞きましたが……案内していただけると光栄です」

調子を取り戻したように妖艶に微笑んで、シャルロットの手の甲にキスすると、困ったように扇子を開いたシャルロットはチラリとジーナを見る。

数ヶ月でこのように、角が立たぬよう難を避ける方法を会得していた。

「僭越ながら王太子妃殿下に代わり申し上げます。この後に公務が詰まっており、大変申し訳ございませんが、遠慮させていただきます」

「そうか、残念だ……では庭園の案内をお願いしても？」

シャルロットの指先を解放せず軽く握ったままそう言うジレミアはその指先に唇を寄せたかと思うとシャルロットを妖艶に見つめた。

少し後ろで控えていたノアがその行動を見かねて瞬時に間に入ると、シャルロットはホッとしたように微笑んだ。

「ノア、ありがとう、大丈夫よ。申し訳ありません陛下。この後はまだ公務がありますの。歓迎パーティーでお会いしましょう」

「待って！」

「殿下はこれから公務ですので」

シャルロットの手を名残惜しそうに取ったジレミアを睨み、シャルロットの肩を庇うように抱いてノアが言う。ピンときたようにジレミアが何か耳打ちすると、密かに表情を変えた。そこまで見たジルベールは、おもむろに窓を開ける。ここは三階、しかし直下には屋根の高い東屋がある。部屋の窓は大きく、成人男性であってもなんとか通り抜けられる。

「殿下、王太子妃殿下ならきっと心配いりませ……あっ!!」

「残りの書類は後で処理するよ、すぐに戻る！」

「殿下、ここが何階だと……ッ!!」

「悪いね」

窓から飛び下りると、東屋や木を経由してあっという間にシャルロットのところに舞い降りてしまった。

「……殿下」

ふっと笑ってから呆れたような目線をジルベールに送るノアに、「妬けちゃうなぁ」と意地悪に言う。するとノアは、ハッとシャルロットを抱いていた両手を上げて無実を証明するので、少し笑って不問に付すと、そのまま、呆気に取られていたシューノルザの国王へと向き直った。

「お初にお目にかかります、ジルベール・オーヴェルでございます」

美しく礼をしてジレミアに余裕の微笑みを向ける。

「ジル様っ！」

シャルロットが驚いたように、けれどとても嬉しそうに扇子を閉じて微笑むと、初めて見る満面の笑みに驚いたようにジレミアは「欲しいなぁ」と呟いた。ここまで露骨に妻を狙われてやり返さないでいられるほど、ジルベールは寛大ではない。

「シャル、迎えに来たよ。……おや、ジレミア陛下のお連れの女性は……庭園が気に入りませんでしたか？　綺麗なお顔が曇《くも》っているようですが？」

牽制代わりに、侍《はべ》らせている女性はいいのか、と聞いてやれば、ジレミアは今更思い出したのだろう、慌てた顔で振り返る。嫉妬を隠しもせず、それでいて憤怒で美貌を損なうような真似はしていない女性に、駆け引きが上手い、とジルベールは素直に内心で称賛した。

その表情はあくまで有能な人材に向ける称賛によるものでしかなかったのだが、シャルロットには別の意味に見えたらしい。彼女はジルベールのお尻を軽くつねると、ノアとジーナの腕を取って「行きましょう、陛下方、ご機嫌よう」と先に行ってしまった。

そんなシャルロットが可愛くて、クスクスと笑って「どうやら、妻は忙しいようですね。それでは私も」と言い、ジルベールも踵《きびす》を返す。

少し拗ねたように足を止めずに歩くシャルロットに心配そうに付き添うノア、そんな二人に気づかれぬようジルベールは一度歩き出した足をぴたりと止めると、思い出したようにジレミアを振り返った。

「あ、僕は自分の庭を荒らされるのが嫌いでね、もちろん勝手に手入れされる事も……棘のある花には気をつけて、楽しんで下さい。またパーティーで会いましょう」

「……ふっ、あの騎士殿は良いのか？」

「ノアと貴方を一緒にしないでいただきたい」

そしてジルベールはすぐにシャルロットに笑顔で合流する。二人が向かった執務室では、ジルベール直属の臣下達が業務に勤しんでいたが、「皆は下がっていて。各自、後ほど呼ぶ」と言われると察したように皆はドアから離れたところで待機するのだった。

「さぁ、シャルには僕に嫉妬させた責任を取ってもらわないと……」

「ジル様、だめ、公務があるでしょう？」

「今は休憩中。もう黙って。ずっと忙しくて貴女《あなた》に触れてないんだ」

「だからってこんなところで！」

「他の者に触れさせたお仕置きだよ」

そう言って指先にキスをしてから、だんだんと腕、そして顔にキスを降らせていく。

触れるジルベールの手にビクリと体をのけぞらせながら、色っぽい声を上げるシャルロット。頬を染めながら少し拗ねたように、シャルロットを押し倒して口付けるジルベールを、シャルロットは少しだけ可愛いと感じる。結局シャルロットの胸元に顔を埋めたまま、ギュッと抱きしめたきり止まってしまったジルベールは、精一杯の一言を漏らした。

「あんまり、僕を心配させないで」

「ジル様……心配だなんて、私だって……ジル様に触れたかったのよ？」

「……あまり可愛い事を言わないで」

「ジル様？　……今日だけですからね、……」

両手を広げて瞳を潤《うる》ませて言うシャルロットに対して、堪えられる理性はジルベールにはもうなく、二人の視線は熱く絡まった。

「……ジル様っ、だけよ、愛してるわ」

「っ、シャル美しいよ。貴女《あなた》しか見えない」

「うそ、さっきの人を綺麗だって……！」

「社交辞令だよ、僕は美しいものが好きだ、そしてそれはシャルロット、貴女《あなた》だけがそう思わせるんだ」

シャルロットを貪《むさぼ》るように、愛おしげに触れるジルベールにシャルロットは自分の

全てを、それこそ心ごと彼に食べられてしまったかのように感じ幸せな気分になったのだった。

（貴方だけに……）

（貴女《あなた》だけに……）

後のパーティーでは、ノアのいつも以上の警戒といつもより更に仲睦まじい二人に、ジレミア王はシャルロットに近づく事も出来ぬまま諦めざるを得ないのだった。もちろん、仲睦まじい王太子夫妻に国中が喜んだ。

後に市井《しせい》では、この頃の王太子夫婦をもとにした様々な物語が流行したが、どの物語にも負けぬほどに仲睦まじいジルベールとシャルロットはオーヴェルだけに留まらず、多くの近隣国からも仲睦まじい夫婦として、力のある王族として支持を得たのだった。

後にジルベールとシャルロットは男女の双子を授かった。

国中が彼女達を祝福し、憧れた。

「シャル、おめでとう！」

「エリザ……ありがとう!!」

そして、ノアとエリザもそれぞれの地位で頭角を現し、四人はオーヴェルになくてはならない存在となり、それぞれの幸せを見つける事となるのだった……

番外編①

王女エリザと王太子妃の騎士

公爵家の離縁騒ぎから数年後、最早舞台や物語で語りつくされ馴れ初《そ》めを知らぬ者はないオーヴェル王家の王太子夫妻は、子に恵まれてなお、良くも悪くも相変わらずであった。つまり、昼夜共に過ごしても互いに飽きず、別々の部屋で眠るのは執務が多忙でどちらかの就寝が深夜になってしまう時のみ、という事である。これは、そんな執務が多忙だった日の翌朝の事だ。

　昨日の夜にようやく執務が片付いたエリザが、朝、ここ数年ですっかり四人の集合場所となった王宮内の部屋へと顔を出すと、書類を手にしているとはいえ数日前に比べると余裕がありそうなジルベールがいた。やや不満そうなところを見ると、厄介な案件は昨日の深夜に終わらせたというのに、朝方に王太子の確認が至急必要な書類が発生したせいで、シャルロットと共に寝る事も朝食を摂る事も出来なかった、といったところだろう。少し休んだらシャルロットを連れてきてあげましょうか、と考えていると、王太子妃が後ほどいらっしゃるそうです、と先触れが来る。

　しばらく後、シャルロットが部屋に顔を出した。

「ジル！　エリザ！　おはようございます、よく眠れましたか？」

「おはようシャルロット！　私は寝足りなくてさぼり中よ～」

「エリザったら！　では、私も少しだけ休んでいくわ、ふふ」

「あぁ、おはようシャル。……貴女《あなた》はゆっくり出来た？」

（久々にシャルが隣にいないと眠りが浅かったとは言えない……）

「私は、おかしな事にジルがいないとよく寝付けなくて……」

「……っ、おいで。もう用事は終わった？　……僕も、寂しかった」

　もう結婚して何年も経つと言うのに初心《うぶ》な表情でぎこちなくイチャつくジルベールとシャルロット。真っ赤になったシャルロットをひょいと膝の上に乗せたあたりを見ると、兄はかなり慣れてきたと言えるのかと考えながら、兄の王太子としての顔とは違う甘い一面に鳥肌を立てた。

（お兄様……血で赤くなるのは似合っても、頬を赤くする姿は気色悪いわね）

　まぁいつもの事だとエリザも気にせず、時たま会話しながら読書を進める。そのうち、この長い間ですっかり想い人となってしまったオーヴェル最強の騎士の微かな足音がした。焦っているのか、やや音が速い。これはまた『あの子達』が何かしでかしたかしら、と考えていると扉が開かれて、ジルベールとシャルロット二人の容姿を見事に受け継いだ、神々しいまでの男女の幼い双子がムスッとした顔でノアの両脇に抱えられてきた。

「……、ザックとリアがまたやらかした。剣の授業は中止だ」

「ノア……！　ごめんなさい、また迷惑をかけたわ……」

ザックとリアことアイザックとアメリアは、性格面では幼少期のシャルロットに一切似なかった。つまり、自分に不要と判断した相手に対して、容赦がない。両親譲りの剣の腕と、ジルベール譲りの身の軽さで時たまやりすぎてしまい、人を殺しこそしないが痛めつける。

かつてのジルベールは、あまりに豊かな剣術の才能とその性格故に、剣の師匠がノアの父親にしか務まらなかったが、もう既に大人でも手に負えないほどに強い双子もやはり、ノアしか剣の師がいなかった。

かと言って理由なく暴れるわけではないので、これまた父親譲りで暴れる正当な理由があってもいつも答えず逃げ出す二人を捕まえて程々に叱るのだが、今日は数人の騎士達を相手にして、一方的にひどく叩きのめしたらしい。王族としてそのような行いを見逃すわけにはいかないと、シャルロットはジルベールをチラリと見た。そして、ノアの方に申し訳なさそうに顔を向けてお茶を促す。

「ノア、お茶でもどう？　もう、貴方達はお父様とエリザにまず挨拶をなさいっ」

「ははっ、ありがとう。ジルが構わないならいただこう」

「僕は大歓迎だよ」

ノアがまずジルの許可を取るのには理由がある。当たり前のように集合場所にしているが、エリザ達はついつい時間が出来ると居座るこの部屋は王太子の執務室なのである。

ここで昔のように、集まって時間を過ごすのが四人の日課となってしまっていた。

エリザはノアのシャルロットに向ける柔らかい笑顔に胸がチクリとした。

ノアはかなりの間シャルロットへの想いに苦しんだが、今は双子を我が子のように可愛がりシャルロットの護衛騎士として、ジルベールの友として昔よりスッキリとした表情で向かい合っている。横恋慕する気はなくとも、シャルロットが今も一番大切な女性だからこそ、双子の事も殊更《ことさら》に可愛がっているのだろうとエリザは考えていた。

何故か双子はノアにもエリザにもとてもよく懐いており、シャルロットに叱られそうになると、まず二人のどちらかに助けを求める。今もノアの手を離れるとタタタタと走ってきて、エリザのドレスの後ろに隠れ、顔だけをジルベールに向けた。父親が味方になるかどうか見極めている顔だ。

「ザック、リア、どうしてそんな事をしたの？」

シャルロットが静かに子供達に問いかける。アメリアがゆっくりと口を開いた。

「だって……」

「リア！　いっちゃダメだよ！」

「アイザック、アメリア、お父様に言ってごらん？」

二人は顔を見合わせてエリザから離れるもんかと抱きしめるように足元にピタリと抱きついて、ボソッと言った。

「おとな達が、エリザを悪く言うんだ……、『いきおくれ』だって」

「わたし、エリザ大好きなのに、叶わぬ恋でこんきを逃したおろかものだって言うの、だから……」

その言葉にエリザははっとした。シャルロットとジルベールの恋物語を知る者の多くは、シャルロットを想うもジルベールとの友情を尊び、身を引いたノアの事も知っている。自然、そのノアを慕うエリザの事を、口さがない者が噂する事も多かった。エリザは気にした事は一切なかったが、言葉の意味が分からず悪意だけを受け取る年頃の双子には、どう聞こえたか。

アイザックとアメリアは、一瞬黙った叔母の姿をどう捉えたのか、必死に言い募《つの》る。

「ぼく達が、エリザを傷つける奴をけしてやろう！　ってリアと決めたんだ。母上もエリザがだいすきだって言ってたもん!!」

「わたし達がエリザを守るの、あんな弱い騎士達なんていらないよね!!」

エリザは、溢れそうな涙を目尻で食い止め、しゃがみ込んで双子をぎゅっと抱きしめた。

「ありがとう、ザック、リア……。とても幸せ者ね私。けれど貴方達が危険な目に遭うのは愚か者だと言われるよりも悲しい事よ……」

シャルロットも、とても優しく微笑んで二人の頭を撫でた。

「ザック、リア、良くやったわ。けれどそういう時は師匠《ノア》にちゃんと言うのよ？」

ジルベールは両手を広げて、子供達に目線を合わせると「おいで僕の宝物達」と言い、走《突進し》ってきた双子をぎゅっと抱きしめる。

「危険な事をせずに、お父様に、言った方がとても良いと思わない？」

怖い笑顔で言った後、珍しく頼りなく笑うエリザの表情に少し考えるように双子を抱きしめたままジルベールは瞳を伏せた。双子はそんなジルベールを恐れる事なく、とても嬉しそうな表情でしがみつく。

そんな時アイザックが唐突に声を上げた。

「エリザと結婚する!!」

「!?」

アイザックの言葉に、皆は驚いた後少し笑った。アイザックがエリザを慕っている事は周知だが、それはあくまで家族としての親愛と憧憬であり、百歩譲って本気の恋情だったとしても、血が近く年が離れすぎている。そして、甥の微笑ましい発言に目を細めてどうしようかしらと笑うエリザ以外は、もうひとつ、それが叶わない理由を知っていた。

ノアだ。

過去のノアの想いは皆が知っていた。

シャルロットこそ長く知らずにいたが、彼女以外の幼馴染三人の間ではノアもジルベールも自分の恋心を隠した事はなかったし、信頼関係があるからこそせめてノアがいつかシャルロットの想いを消化するまで、想い続けてもいいとジルベールは考えていた。

(それでシャルがノアを選べば、僕が至らないだけ。もっとも僕達の愛は深いので心配はしていないが。……ノアの心に傷を残してほしくない)

だが、それはもう過去の大切な想いとしてノアの心の一部となり癒えていたし、シャルロットもジルベールも既に彼の気持ちの変化に気づいていた。

「ノア……」

シャルロットが優しく微笑んで、ノアに何かを目で伝えると、ノアはその声に深呼吸をして頷いた。『ああ、完璧に覚悟が出来たのだ』とジルベールはノアの人生のひとつの章が終わったのを感じて、新章では幸せだけが妹とノアを彩る事を願う。

自らのせいで苦しむノアも、そんなノアに惚れたエリザの気持ちも知っていた。そんな二人にどこか罪悪感のような気持ちを抱くシャルロットの憂いにも、ジルベールは気づいていた。

（僕達は、子供の頃から長い間シャルだけが全てだったから）

けれど、今のノアはもう違う。専属騎士である以上、距離を置いて気持ちを切り替えるという事も出来ず、どうしてもシャルロットとジルベールの寄り添い合う姿を見続けなければならないノアは、確かに長く苦しんでいた。だからこそ、その間何くれとなく世話を焼いていたエリザへと、ノアが熱を帯びた眼差しを向ける先は移っていた。

エリザがあれほど献身的な女性だった事は、ジルベールとしても兄ながら意外だったがその努力は身を結び、彼女の気持ちは彼の傷を癒した。そもそも、幼馴染だった二人だ。互いの美徳となる点は良く知っている。そして……

「僕の息子より、お前の方が適任だと思うが？」

それ以上考えるのをやめたジルベールもノアに微笑んだ。首を傾げるアイザックとは対照的に、瞬時に兄の意図を察したエリザが大声を上げる。

「ちょっとお兄様！　ノアは……！」

「エリザ、少し話そう」

エリザの手をそっと取って、窺《うかが》うように言ったノアの瞳はかつてシャルロットだけに向いていた愛おしい者を見つめる瞳だった。若い頃のように激しさを放つものではないにしろ、エリザに対して穏やかに、ゆっくりと、彼の心は燃えていた。

エリザはそんな彼の瞳に期待と不安で胸が苦しくなったが、そのような表情の彼を振りほどく事が出来ないほどに彼を愛していた。

見つめ合うエリザとノアを見て、シャルロットは子供達に「一度お部屋に戻っていましょう」と促す。どうして、と不思議がる二人だったが、ジルベールにもたしなめられて、扉の方へと向かっていった。

扉が閉まる音を聞きながら、ノアは言葉をまとめるため、ここ数年に想いを馳《は》せる。

ノアは、シャルロットを想い、声を殺して涙する夜もあった。まるで自らが必要ない存在に思える時も、嫉妬に狂いそうな時も幸せを願いながら、手の届くところにいる彼女を手放せず護衛騎士だからと片時も側を離れないでいた。

それをジルベールが黙認するのは、信頼によるものだという事も知っていた。

愛してやまなかった。シャルロットもジルベールも大事だった。家族のように愛していた。

　そして、時に煩《わずら》わしく思うほどにノアを理解し、側にいてくれたのはいつもエリザであった。徐々に彼女の存在が当たり前となり、彼女に会えない日は彼女を視線で探した。

　ノアにとってエリザはなくてはならない存在となっていった。

「もう、皆知ってるが……シャルへの想いを忘れる事はないだろう」

「……っ、ええ、知ってるわ……」

「だがもうそれは、大切な思い出として俺の中の一部となっている。ジルも、シャルも、ザックもリアも家族のように愛している」

「私こそ、皆が知ってるわ。シャルを想う貴方に恋をし、王女として意味のある縁談を何度も反故《ほご》にしたのだもの」

　想いを抱き続け独り身を貫いた点は同じでも、主君を想う騎士と政略結婚の駒となる事を拒否した王女では世間の評価がまるで違う。そんなエリザを、ノアはまっすぐに見つめた。

「でも、俺は正直……気づけばずっと安心していた。いつの間にかエリザを愛おしく思っている。今、側にいてほしいのは君だ……エリザ」

「それって……」

「長い間、苦しめてすまなかった。それでも、俺をまだ想っていてくれるなら……俺と結婚してほしい。愛している」

「……っノア‼　……嘘よ、貴方は……」

恋に落ちた時には既にノアの心はシャルロットに捧げられた後だったからこそ、こんな都合のいい事が起こるわけがないと、エリザは咄嗟に否定し、首を横に振った。のみならず、伸ばされたノアの手を振り払おうとする。ノアはぎゅっとエリザを抱きしめて
「確かに彼女は今も特別だがもう恋はしていない。俺にとって今世界で最も特別な女性は君だ」と言って反抗するエリザを大人しくさせた。根気強く、愛を囁き続ける。

「同情で結婚なんて……」

「違う」

「だってずっとシャルを……」

「もうとっくに消化した」

「ほんとに……」

「あぁエリザが側にいてくれたからだ」

その言葉を、エリザは一体何年待ち望んだだろうか。まだ信じ切れていないながらも、頭ごなしに否定し拒絶する空気がエリザから消えたのを見て、ノアは一旦腕の力を緩

める。

「急だったので……何も持っていないのだが……」

そうバツが悪そうに呟いて、膝をついたノア。

「王女殿下、いつからか貴女《あなた》を世界で一番、愛してしまいました。伯爵では分不相応だとは承知しておりますがどうか、私の気持ちに応えてはいただけませんか」

そして、かつてのエリザが、自分に向けてもらえる事を夢にまで見た、蕩《とろ》けるよう笑顔を向ける。そして、エリザだけを見つめて、少しふざけて言った。

「姫様、オーヴェル国一の騎士では力不足でしょうか？」

「いいえ、ノア……っ遅いくらいよ!!　愛してるわ、喜んでお受け致します！」

そう言って抱きついたエリザの腰を支えてそのまま深いキスをした。

——ところで、ここはジルベールの執務室である。子供達は退室したが、ジルベールとシャルロットは室内に残ったままだ。エリザがあまりにもノアの気持ちを認めないようであれば加勢しようと考えていた二人は、受け入れるなり熱く抱きしめ合いキスを交わすノアとエリザの姿に、少し頬を染めた。

「う、上手くいって良かったわ」

「僕もあんなに自然に出来たら……」

「……っジル」

そして、とっくに部屋から離れたはずの高い声がふたつ。

「うんうん、父上と母上はうぶだよね」

「!!」

「父上ったら母上には全く弱いんだから」

「そうよ、お母さまもお父さまもご公務の時は格好いいのに！」

「お部屋にいてと言ったのに……うぶ、なんてどこで覚えたのかしら……」

「エリザが言ってた!!」

「お前達……はぁ……」

そんな王太子家族の気配を、長年の恋心の成就でいっぱいいっぱいのエリザはともかく、騎士たるノアが気づかないはずもない。

「いつまで覗いているつもりだ？」

「あ！　貴方達！　覗いていたのね!!」

そうして、後に名実共に兄弟となった四人は幸せに次代のオーヴェル国を導いていくのであった。

番外編②

誘拐と誘惑

オーヴェル国は今日も活気に溢れ、ここしばらく続く平和な日常に、忙しいはずの王宮でも比較的ゆっくりと時間が流れているようにも感じた。

ジルベールとシャルロットの住居であるソレイユ宮では、シャルロットに誓いを立てた騎士でもあるノアと、王女でありノアの妻であるハリソンフォード伯爵夫人、いや……侯爵夫人エリザがシャルロットとジルベールの補佐に勤めていた。少し前にノアが功績を認められ、フォックス家の叙爵以降ひとつ空いていた侯爵の地位にハリソンフォード家が叙爵されたのだ。今や立派な侯爵家としてオーヴェル国に貢献している。

オーヴェル国は、他国から見ると欲するものが多い国だったため、手に入れようとする者達からの侵攻も少なくはなかったが、大抵が野望届かず打ち砕かれた。

防衛戦へ自ら出征するジルベールにノアはいつも同行したが、流石、義兄弟の契りを交わすほどに息がぴったりな二人。二人の輝く髪色や、美しい容姿の神々しさが相まって、戦神と呼ばれていた。

エリザも、幼い頃から公務に慣れていた事もあり王太子妃の補佐としてシャルロットに職務を任されていた。二人もまた、生まれながらの姉妹のようだと大変評判であった。

事実、形式上兄妹となった四人は本当に仲睦まじい。

シャルロットは相変わらず、とても戦えるようには見えない容姿に反して剣や武術に優れており、彼女をまるで宝石か何かのように狙ってくる他国からの間者も、多少の事ならば自分で対処してしまうほどであった。故に、オーヴェル王家を狙う不届き者など国内外を問わず存在しないと、そう思われていた矢先の事だった。

シャルロットとエリザはこの日、オーヴェル国の最西端、ネグリファという街で続く様々な問題を解決、解明すべく視察に来ていた。そして、この地の領主ケントベル伯爵の妻に招かれ、エリザと共に訪れた薔薇《ばら》園にて彼女達は今、苦戦している。

ケントベル伯爵夫人のこの迷路のような複雑に入り込んだ薔薇《ばら》園はオーヴェルでも有名で、婦人達の間では噂になるほどであった。迷路のようだとはまさにその通りで、何故か護衛達は散り散りとなり、真後ろにいたはずのノアでさえも姿が見えなくなっていた。

シャルロットはこれが何者かに予《あらかじ》め計画された事だと即座に思った。

何故なら、ノアはシャルロットに関しても、愛する妻であるエリザに対しても、いざ護衛となれば過保護に思えてしまうほど妥協を知らぬ徹底ぶりを発揮する。うっかり護衛中にはぐれてしまうほどマヌケな騎士ではない。

どうやら、エリザも同じように考えているようで、立ち止まり、鋭く目の前を睨みつけた。

「エリザ……何故か、皆と上手く引き離されたようね」

シャルロットがノアの姿を探すものの、とても広い薔薇《ばら》の迷路ではぐれてしまえばそうそう簡単には巡り会えなかった。

「ええ……ノアならすぐに追いつくわ」

二人の足元で転がっている案内人を見下ろしてエリザはそう言ったものの、その表情はどこか不安げであった。

シャルロットの手によって簡単に気絶させられたこの案内人は先程、唐突に二人を振り返って「大人しくついてきて下さい」と脅迫してきたのだ。

「怪しいと、警戒しておいて良かったわね」

「そうね、シャル。けれど、もしもの時は貴女《あなた》一人なら……」

「やめてエリザ。私達の誰かが欠ける事なんて選択肢にないでしょう？」

「貴女《あなた》は未来の王妃よ。生きなきゃ……私は、足手まといになるわ」

珍しく弱気なエリザの手をそっと握りながら、「大丈夫」とシャルロットはこの場に似つかわしくないほど美しく微笑んだ。

先程から薔薇《ばら》園で感じる気配は決して少なくはないが、こちらに刺客が届いていないところを見ると、ノアや騎士達が奮闘してくれているのだろうと推測出来る。決して状況は最悪のものではない。

こちらに武器があれば、せめてドレスでなければ、どうとでもなったのに、とシャルロットは思考を巡らせる。これほどまでにドレスを鬱陶《うっとう》しく感じた事はなかった。

エリザを不安にさせまいと強気な態度を取ったものの、今のシャルロットの装いは、比較的動きやすいとはいえ、ドレスにハイヒール、日傘といったものだ。今後万一ノア達をかいくぐった刺客が現れた時、きちんとエリザを守りながら戦えるのか、自分が一人でどこまで持ち堪えられるのか、不安もあった。

（ひとつでも剣を取れれば難しくないのだけれど、ドレスが邪魔ね……）

シャルロットはエリザを庇うような立ち位置を選びつつ、耳を澄まして聞き慣れた足音と剣の音のする方向を確認する。

（ノア……すぐ近くにいるのね）

それならばここで周囲を警戒しながら待てばいい。ノアとさえ合流出来れば問題はない。

そう安堵の息をついたシャルロットの背後から、音もなく近づく影があった。

ノアもまた、自分さえシャルロット達と合流出来れば最悪の事態は免れると判断して、彼女達との合流を最優先として薔薇《ばら》園の中を走っていた。

「……っ、キリがないな」

もう何人目か分からない刺客を斬り捨てた時、ふいに剣と何かがぶつかる音が聞こえた。同じ方向から、聞き間違えるはずのない足音がする。

「……!!　エリザ、シャル！」

シャルロットの剣の実力は信頼しているが、彼女は今決して動きやすい格好ではなく、丸腰だ。そして妻であるエリザは心得がなく戦えないのだ。

ノアは嫌な予感を振り切り、無事であってくれと祈りながら、音がした方へと駆けた。

ノアの推測どおり、シャルロットとエリザは危険な状況であった。

「シャルッ!!」

「エリザ……合図したらそのまま南方向へ。すぐ近くにノアがいるわ。姿が見えるまで振り向かずに走って」

先程陰から斬りかかってきた男の剣を日傘で受けて流したシャルロットは、今度は複数でじりじりと取り囲んでくる男達から視線を切らずに指示を出した。丸腰の相手に対して無理に攻め込まず一度膠着《こうちゃく》状態を選んだ男達の動きから、殺すつもりはないのだと確信する。

「何を考えているの？」

エリザが怒ったようにそう言う合間にもシャルロット達を囲む刺客は増えている。

シャルロットは内心焦っていた。このままでは二人とも危険だ。

どちらが狙いなのかは分からないが、ここからノアへの距離は近い。ここで彼らを食い止められれば、エリザはノアに辿り着く事が出来るだろう。そしてノアがエリザの案内で自分のところに来るまで持ち堪えられれば、自らもノアという援軍を得られるはずだ。

（間に合わなくても、エリザはノアに返してあげられる）

やはり、生きたまま捕らえる事を命じられているのだろう、明らかに致命傷を避けた敵の攻撃を日傘で上手くかわしながら改めて確信し、攻撃に耐えきれず折れた日傘の先の方を敵に投げた。

「ッ！　女二人など大した事ないはずだぞ、なんでこんなに……！」

「貴方達、殺す気がないのね。誰に命じられたの？」

「言うと思いますかッ？」

「そうね、ただひとつ言える事は私は殿下や侯爵と日頃から剣を交えています。つまり……貴方達では相手にならないと言う事です」

「この数を見て、そう言えますかい？　はははは!!」

馬鹿にしたように笑う刺客達の声でかき消されるほどの小さな声でシャルロットは、小刻みに震えながらも気丈に傘を構えるエリザに言った。

「エリザ、三つ数えたら走って。お願い」

「嫌よ」

「エリザ！」

「犠牲になるつもりでしょ」

「違うわ、私なら食い止められるの」

「それでも、嫌よ」

「……邪魔なの！　早く行って!!」

「シャルっ、嫌よ」

「早く！　ノアは南よ！」

エリザは『邪魔』という言葉がシャルロットの本心ではないと気づいていた。しかしそれは、エリザの視点から現状を見れば事実でもあり、あまりに残酷な状況に吐き気がした。

「足手まといよ。南へ走って。退路は私が……」

「――っ、すぐにノアを連れて戻るわ！」

シャルロットはドレスの裾を破ると、目で追えないほどの速さで刺客を薙《な》ぎ倒し、拾った剣で見事、エリザの退路を開いた。

エリザは走る事しか出来ない自分が悔しくて悔しくてならなかった。涙が溢れ見えづらくなった視界に構わず、ただ、シャルロットを信じて南へと走る。

しばらく走り続けると、薔薇《ばら》の壁の先からエリザの耳に、聞き慣れた愛しい声が聞こえてきた。

「エリザ？　……っ、そこにいるのか!?」

「ノア！　……シャルが、ごめんなさいっ、お願い助けて……！」

「……!!　エリザ、薔薇《ばら》の壁から離れて」

　エリザが力なく返事をするとすぐに薔薇《ばら》の壁が斬り開かれた。向こう側から姿を現したノアは少し焦ったような表情で、エリザの無事を確認し安堵した後、シャルロットの姿が見えない事に顔色を失った。

「ノア……、シャルは私を逃すために犠牲に」

「そうか。エリザが無事で良かった。確かにシャルが食い止める方が生き残れる確率は高いだろう……だからって、シャルはなんでそんな事を……」

「私のせいよ」

「いや、違う。俺のせいだ。シャルは無事だ、剣の音がする」

　シャルロットの無事を聞き、エリザは少し落ち着きを取り戻す。エリザもまた、なるべくまっすぐ南へと走るために日傘で薔薇《ばら》の蔓《つる》をかき分けてがむしゃらに走ってきたので、その白い肌に痛々しいほどに傷を負っていた。

　ノアは、そんな痛々しげな妻の姿に心が痛み、守りきれなかった自分と、正体の分からない敵に怒りが込み上げるのを感じていた。

「シャルはほとんどまっすぐ後ろよ！」

「このままではジルに殺されるな、早く行こう」

「きゃっ！」

突然抱き抱えられたエリザは驚きながらも邪魔にならないようにじっと体を止めてノアに掴まった。ノアは全速力で走っていたがしばらくすると突然ピタリと足を止めて、エリザをぎゅっと強く抱き抱えたまま、膝から崩れ落ちた。

エリザは嫌な予感がした。

「ノア……？」

「シャルの音が消えた、他も……妙に静かだ」

「‼」

確かに、護衛達をシャルロットの元に行かせないための鍔迫り合いが聞こえない。エリザは、ノアの腕をほどくと必死で走った。

（シャルはきっとこの先にいる）

（きっと勝ったのよ、負けるはずがない）

（絶対に生きてる、シャル、シャル……）

「ッ‼」

シャルロットがいたはずの場所に戻ったエリザと、ノアが目にしたのは、シャルロットの安否さえ分かっていれば「流石、シャルロット・オーヴェルだ」と賛美したくなる光景だった。

たとえ男性であっても一人で倒したとは信じがたい数の刺客。死んではいないものの皆起き上がれないようで、怒りに満ちたノアを見るなり、逃げ出そうと地べたを這っていた。

だがそこにシャルロットの姿はなく、何故か揃えて隅の方に脱ぎ揃えられた靴に、折れてボロボロになった日傘の残骸、破ったドレスの裾に、手袋が片方だけだった。

シャル、シャルと名前を呼びながら捜し続けるエリザを抱きしめてノアは静かに「エリザ、ここにはいない」と悔しさを堪えるように言った。

「とにかく形跡を追う。まだ歩けるか?」

「ええ」

涙を拭《ぬぐ》って力強く頷いたエリザを気遣いながら二人は形跡を辿った。

すぐ近くに倒れていたこちら側の騎士は涙で顔をぐちゃぐちゃにしながら、起き上がれないのか仰向けのまま謝り続けた後に、「妃殿下に命を救われました」と言った。彼から最低限の情報を得たノアは、すぐにジルベールへと緊急連絡用の鷹を飛ばした。

倒れている刺客は、エリザに見せぬよう配慮しつつその場ですぐに拷問にかけ、手がかりを聞き出した。

オーヴェルの国境は即座に封鎖され、国王の命により、ジルベールの指揮のもと、捜索活動が行われ、シャルロットを連れ去った者達の特定はすぐに出来た。

薔薇《ばら》園で待機し引き続き情報を収集していたノアとエリザの元にジルベールが到着したのは、もう日が暮れる頃で、ジルベールは脱ぎ揃えられた靴を見て「シャル、こんなものはいくらでも買ってあげるのに」と悲しそうに、愛おしそうに呟いた。

あのハイヒールはジルベールが直接選んでプレゼントしたものであり、彼女は大切な日にはいつも、ジルベールが選んでくれた贈り物をひとつ身につけていた。戦いの中、ジルベールから選んでもらった靴を損なわないように薔薇《ばら》の壁に沿って揃えて脱いだのだろう。

ジルベールはシャルロットの靴を大切に抱えて、深く、深く、まるで自らの感情を鎮めるかのように深呼吸した。

生き残った騎士達は皆身動きが取れないので、移動手段が揃うまで最低限の応急処置だけ済ませて薔薇《ばら》園の近くに寝かされていたのだが、ジルベールから漏れる尋常ではない殺気に凍りつき、恐怖でガタガタと震えた。

「安心しなよ、シャルが命をかけて守ったお前達を、僕が無駄にするわけがない。行くよ、ノア」

エリザはそこでようやく兄がやってきた安堵が追い付いてきたのか緊張の糸が切れ、気を失ったので、連れてきた女騎士と一緒に王宮騎士団の警備のもと、馬車の中で眠らせる事となった。

ずっと黙り込んで、何か言いたげなノアにジルベールは「謝罪などやめろ」と感情の読み取れない声色で言った。

「だが俺のせいだ、俺がいたのに……」

「そう、ノアがいたのにこちらが負けざるを得ない状況だったんだ。お前の力は僕がよく知っている。なのに、負けたんだ」

「……」

ジルベールがひとつ息を吐き、静かに言葉を紡ぐ。

「しばらく平和で、僕達に楯突く者はいないだろうと無意識に驕《おご》っていた僕のせいだよ」

「違う……」

「違わない！　……シャルはすぐに取り返す」

「……分かった。俺は今からでも動ける」

「そのつもりだよ。対価は大きいとセリオス侯爵に伝えて」

「ああ。分かった」

セリオス侯爵とは、国境付近に領地を持つ貴族の名だ。そのような事を伝えずとも王太子妃奪還に尽力する人柄である彼に対してあえて伝言を頼むという事は、やはりジルベールは今回の剣に関して一切容赦しないつもりらしい。内心では同様に激昂しているノアからすれば、ここまで苛烈なのは久々だな、と懐かしく思う程度だ。シャルロットや子供達と過ごす昔よりも幾分か穏やかなジルベールも含めて、もちろん彼はずっと彼らしいままなのだが、今の彼は、予想外の手法で敵を畏怖させ、恐怖で支配する戦場での姿を思い起こさせて、ジルベールらしいと思わず安堵さえしてしまった。

何歳になっても美しく、愛らしさすら感じる彼の容姿にそぐわぬ虎の心はまさに、猫は虎の心を知らず。同じ人間である多くの者達が、彼の心や頭の中を覗き込めたとしても到底理解しきれないのだろう。

ジルベールのおかげで不要な焦りと罪悪感は拭《ぬぐ》えたノアだったが、セリオス侯爵との面会後、一度馬車に戻って、エリザが目を覚まさないと知ると、彼女の心労を思い、拳を強く握って自らの無力さを悔いた。眠るエリザにそっと口付けして、薔薇《ばら》の棘で傷ついた無数の傷をそっと撫でて「すまない」と呟く。

今は親友であり主君として大切な、シャルロットも、ジルベールも、愛する妻であるエリザも、今度はちゃんと守るのだと誓い、再び馬車を後にしたのだった。

その頃、シャルロットは、多勢に無勢で気を失ったところを拘束され、馬車に揺られていた。

意識が戻ったシャルロットが目にしたのは、領地内で起こる強盗や女性子供への暴行、ネグリファの治安の悪化に困ってシャルロット達を頼ったはずのケントベル伯爵であった。

「ケントベル伯爵ね。まさか貴方がこのような事を……」

「このような事？　私は高貴な貴女《あなた》を救って差し上げるのです！」

「……？」

「いくら相手が王太子といえども、簡単に価値ある貴女《あなた》を捧げて子を孕《はら》ませ、ネグリファのような田舎を出歩かせる……このような事、侮辱以外の何ものでもありません」

「何を……言っているの……？」

「ふぅ……これは完全に毒されている。せめて、我々と同じ崇高な思想を持ち貴女《あなた》を愛するセドリック様とあのまま一緒になっていれば……」

シャルロットは困惑した。

セドリックを選ばなかった事に触発されたとして、何故今になってこのような暴挙に出たのか。セドリックの離縁時にあって今はないものが彼らの計画の妨《さまた》げになっていたのか、それとも逆に、当時はなく今はあるものが、彼らに今こそ好機と思わせてしまったのか……

彼らが王家を敵に回してなお、逃げ切れると思えるもの……

「……まさか！　アイザックとアメリアをっ⁉」

「ああ、手を打ってありますよ」

「……甘く見ない事ね。王宮の騎士はジルとノアが鍛え上げた精鋭達よ」

「ふははは‼　ソレだよ、ソレ！　すぐにお友達の化けの皮を剥《は》いでやりますよ。この国は貴女《あなた》にふさわしくない」

「貴方が何をしようと、私はシャルロット・オーヴェルよ。そして、皆を信頼しているわ」

「ふっ、ああ今の貴女《あなた》は美しい。貴女《あなた》らしい！　それだけは王太子に感謝せねばならない！　セドリック様は貴女《あなた》の愛し方が下手くそだったからな！」

シャルロットは背筋に悪寒が走った。ケントベル伯爵は大人しく温厚な人だ、と認識していた。だが今の彼にその面影はなく、高笑いをする彼は果たして本当にシャルロットの知るケントベル伯爵なのかと自らの目を疑うほどの豹変ぶりであった。

夜が明ける頃、シャルロットが乗せられた馬車はどうやらどこかに到着した様子であった。

「ここは……ウリエス」

「流石、ご聡明であられます。国の隅々にまで目を配られているというのは本当のようですね」

国境のすぐ側、セリオス侯爵の領地でもあるウリエス要塞という場所だった。国境を守るこの場所をシャルロットは何度も慰問していた。

「シャルロット様、貴女《あなた》は我々と同じ崇高な思想を持つシーレ国の王、シーク・シーレアス王の妻となり、人々が崇め讃えるべきシーレ国の王妃として生きるのです！」

シャルロットは目の前のケントベル伯爵の言葉の意味を理解出来なかった。近隣諸国のうちのひとつとして、シーレ国の事は知っている。離縁直後に求婚してきた人間の中に、シーク・シーレアスがいた事も覚えている。しかし、『崇高な思想』とやらには心当たりが全くなく、何を言っているのか分からないのだ。

そして、その言葉について深く考える気もなかった。シャルロットの懸念は他にある。アイザックとアメリアに何かするつもりかと尋ねた時に彼が口にした、「手を打ってある」という言葉が、シャルロットの脳裏には何よりも引っかかっていたのだった。

シャルロットの心配通り、彼らは時間をかけて根回しをしていた。

たった一人の女騎士を王太子との結婚を機に忍び込ませるだけに何年もかけ、そして彼らの計画を後押しするかのように、彼女……セイラは信頼を得て、今回の一件が解決するまでの間、王宮へ戻る事となったエリザの警護を任されていた。

「ねえ……セイラ。シャルは見つかった？」

「いいえ、エリザ様。ですが私は……率直に申し上げて、王太子妃殿下が見つからない事に、少しホッとしています」

「なんですって？」

「王太子殿下はもちろんですが、国王陛下や王妃殿下、ハリソンフォード侯爵までが王太子妃殿下ばかりを気にかけております。私は……エリザ様が心配で……」

「セイラ、私はそうは思わないわ。取り消しなさい」

「いいえ、貴女《あなた》様を思って申し上げているのです。このままシャルロット様がいなければ……そうなれば貴女《あなた》は皆様に愛される唯一の女性となる」

「やめなさい。シャルも、ノアも、私の家族も皆、大切な人よ。人に優劣や順位をつける人ではないわ。私を思っての事ならば、今取り消せば聞かなかった事にするわ」

シャルロットとエリザを仲違いさせるという彼女の任務は、エリザには全く通用しなかったが、諦める事なくセイラは涙を浮かべて言った。

「侯爵の今の蒼白な顔色、まるで世界を失ったかのように絶望した表情。とてもただの友人に向ける感情とは受け止めがたいっ！　私はっ、エリザ様の御心が心配です！」

確かに、今のノアは誰が見ても分かるほど顔色は白く、シャルロットがいないと崩れ落ちた時の彼はまるで世界の終わりでもきたかのような表情であった。

だがそれは兄ジルベールも、エリザも同じ。たとえシャルロットが自分達の誰かを見失ってしまったとして、彼女もまた同じだろう。それほどに自分達はお互いをなくてはならない存在としている。

到底他人には計り知る事の出来ない関係なのだ。

確かに、刺客や敵襲で剣を振るうたびに、命を預け合う場面ではエリザ一人だけ割り込めない、三人の信頼関係を目の当たりにしてきた。ジルベールはもちろんだが、兄よりも遥かに長い間シャルロットの側にいたノアは、シャルロットの剣の一ミリの狂いも見逃さない。ジルベールとノアの息がピッタリだとすると、ノアとシャルロットもまた、歯車が上手く噛み合うようにスムーズに戦うのだ。

けれど、自身の無力を嘆く事はあれど、それを理由にシャルロットとノアの仲に嫉妬する事は、今のエリザにはない。

シャルロットは、例えるならばもうノアの一部となっている。そして幼い頃からエリザを愛するまでのシャルロットへの想いは過去として消化され彼の中ではもう形を変えて大切に仕舞われているのだ。

「確かに嫉妬してしまう時もあったわ。けれどもあの過程があっての今なの。他の者の理解は必要ないわ」

そしてエリザを愛するノアの想いは日々ちゃんと伝わっていた。

そのままセイラを無視しようとして、エリザは違和感を覚えた。気づいてしまえば、どう考えても不自然である。

セイラは王宮騎士団所属のはず。

何故唐突にシャルロットとエリザを仲違いさせようとするのか。

確か彼女は、シャルロットを盲目的なほどに慕っていたはず。

(何かがおかしいわ……)

エリザは彼女の真意を知るために、少し芝居をする事にした。

会話の展開によっては危険かもしれないが、シャルロットは自分の身ひとつでエリザを守ってノアの元へと帰してくれたのだ。シャルロットを守れなかった事に責任を感じているはずのノアだって、捜索の準備の最中、暇が出来ると、たびたびエリザの顔を見るためだけにここに戻ってくる。

そして一見、平常通りに見えるが、妹のエリザですら恐怖を感じるジルベールの据わった目は、それほどまでに、シャルロットを危険に晒《さら》した敵に、そして守れなかった自分自身に憤《いきどお》っている事を示している。それでも兄は、エリザや子供達、責任を感じているノアの事を気にかけてくれて、少なくとも身内以外には分からない程度に感情を抑えてくれているのだ。

エリザは、そんな愛する人達のために、何か役に立ちたいと覚悟を決めた。

(何か手がかりになるかもしれない、明らかに怪しい)

「どうして、貴女《あなた》がそんなに私を思ってくれるの……?」

「皆、あるべき姿でいるべきなのです。貴女《あなた》は、ハリソンフォード侯爵の愛を、かつてのシャルロット様のように盲目的に受ける権利があります」

まるでエリザがシャルロットと比較され、エリザの愛され方は間違っていると侮辱されたようにも感じたが、その物言いに更に疑念は深まる。セイラは真にエリザを思っているわけではないと確信した。

「私は、どうすればいいの?」

「アイザック様とアメリア様をとある人に引き渡して下さい。そうすればシャルロット様は王太子殿下から逃れ、本来いらっしゃるべきところへ向かわれる。貴女《あなた》はここで愛を独り占め出来ます」

エリザは目の前のセイラの自分勝手な言い分に怒りが込み上げた。

自分自身、過去のシャルロットと比較してしまい、嫉妬する事は時々ある。けれども劣っているとか愛されていないと感じた事は一度もないのだ。嫉妬の理由は大体、シャルロットのように剣術の才能があれば四人で戦えたのにとか、シャルロットのように社交が上手ければもっと上手く敵と渡り合えるのにとか、そういった事だ。

今も、自分にシャルロットのような力があれば、目の前のセイラを斬り捨ててやりたいと思い浮かんでから、似た状況に陥《おちい》れば絶対に同じ事を考える兄の姿に重ねておかしくなる。

（私には、その術《すべ》がなくて良かったのよ）

シャルロットは純粋すぎる上に、思い切りがよすぎる性格だ。誰からも愛される反面、自己犠牲の精神が強く、加えて幸か不幸か彼女の剣術の才能はどうやら死や大怪我を回避する方向に特化しているらしく、彼女の性格のままでも怪我らしい怪我もなく生きてこられたせいか、どこか危うい。

ノアは根っからの騎士であり、古くからジルベールといるために残虐なジルベールの思考に慣れており、怪我や生き死にに関してはかなりズレた方向で落ち着いてしまっている。

そして、ジルベールに至っては先程、エリザが思い浮かべたように敵と見なした相手には残虐かつ冷酷。王妃いわく、あの性格は完全に国王譲りらしい。

自らの思考を思い返して、エリザは、自分もどうやら兄と同じく父親似らしいと思った。もし、武力に訴える術《すべ》があれば間違いなく兄のように残虐な手段を取るだろう。そして感情的である自分は兄よりも遥かに……そう考えるだけでもゾッとしてやめた。

今までその術《すべ》がなかったからこそ、頭を働かせたし、冷静な判断力を身につけた。周りを見渡せる術《すべ》を培《つちか》えたのだ。

自分に出来る事は多くはないが、確かにあるはずだ。

（一人ぐらい価値観がまともな人間がいた方がいいでしょ）

そしてもし今、アイザックとアメリアが危険に晒《さら》されているのだとしたら、自分がシャルロット捜索に関わらず王宮にいる事で何か出来るはずだ。

（シャルが私にしてくれたように私も子供達を守るのよ）

「そうね……私、強がってたわ。うんざりしてたの」

「話が早い。では手順をお伝えします」

そう言って微笑んだセイラの瞳は狂気的で、かつてシャルロットに向けられていたセドリックの瞳を思い出した。

話は思いのほか簡単で、単純な手口だった。エリザに伝えられたのは、引き渡しの時間と場所だけだが、双子が懐いている人間に裏切らせて城の裏まで連れてこさせてセイラの仲間に引き渡し、裏切り者ごとそのまま連れ去る、という計画のようだ。確かに王宮内部の人間がセイラと裏切り者を疑ってさえいなければ、そして裏切り者として選ばれたのがエリザでなければ出し抜かれていたかもしれないが、この作戦は子供達に近しい内部の者を陥落させるのが必要不可欠。エリザに言わせれば成功する事のない作戦とも言えるだろう。

だからこそ、敵を炙《あぶ》り出すにはちょうどいいと考えた。

「分かった、では明日、貴女《あなた》が指定した時刻に二人を連れ出すわ。城の裏になるべく地味な馬車を用意して隠れていてちょうだい」

「分かりました。では、裏門でお待ちしております」

セイラと話しながら、エリザは自分がすべき事と自分には不可能であるため誰かに頼むべき事を必死に考え洗い出していた。ノアとジルベールは、下手人をケントベル伯爵と特定後、彼がシャルロットを連れ去った場所を特定するために明日の早朝から外出予定となっている。そうなると協力者は限られていた。

エリザはセイラが部屋を出た事を確認すると、急いで手紙をしたためる。

～　フォックス公爵へ　～

火急故突然のご無礼をお許し下さい。此度の件、彼らの目的はシャルでしょう。悪意というよりは狂気的な何かを感じます。

兄の動きを止めるために私とシャルを仲違いさせ、アイザックとアメリアを人質に取ろうと画策しています。夫と兄は捜索で不在故に、秘密裏に信頼出来る協力者は公爵しかおりません。どうか二枚目の紙に記す時間と場所、そして作戦の通りにご協力下さればと存じます。

～　エリザ・ハリソンフォード　～

追伸　ジリアンおじ様、信じて。ザックとリアには絶対手出しさせない。

このような唐突な手紙を信じてもらえるかは分からなかったが、一枚目にはメッセージを、二枚目には二人を守る作戦を書いて鷹を飛ばした。

アイザックとアメリアは両親によく似ている。特にジルベールにはとても似ているのだ。子供だからと油断する敵を斬る事には迷わないだろう。

ただ、彼らはやはりまだ子供で大人の知恵が必要なのだ。

（大丈夫よ、きっと上手くいくわ）

入念に頭の中で準備し、セイラの交代の時間を見計らって信用の出来る侍女達にフォックス公爵邸の者が到着次第引き入れるようにと父への言伝を頼むと、何事もないかのように装い、翌朝を迎えるのだった。


一方、ウリエスから国境を越えてシーク国へと連れてこられたシャルロットは休みを取らせてもらえずに拘束されたまま乗っていた馬車の疲れのせいもあって、目の前の男に珍しくあからさまに眉をひそめていた。

「ようこそ、シャルロット」

銀というよりは灰色の長い髪も、白い肌も、そして色素の薄い青い瞳も、見た事はなかったが、その外見を噂には聞いた事があった。

決して世間に姿を現さない近隣国、シーレの王。

「シーク・シーレアス王……何故、このような愚かな事を」

「ははっ、愚か？　それは貴女《あなた》の事です。あのような邪悪な者に身を捧げてしまうなんて…安心しなさい。私が浄化してあげるよ」

どこか噛み合わない会話に、妙な造りの神殿のような城。未だシャルロットの両足から外されない拘束具。シャルロットはあまりの不気味さに眉間の皺を更に深めた。

「貴方達は、私と違う言葉を話しているようね」

「はは！　そう怒るな。シャルロット、貴女《あなた》にとっても悪い話じゃない……お友達のエリザと言ったかな？」

「!?」

「本当にずっとこのまま、上手くいくと思っているのか？　ハリソンフォードの中にはもう貴女《あなた》が彼の一部として存在して、消えない。一生な」

「それでも形は変わるものよ。ノアはエリザを愛してるわ」

「エリザもそう思うかな？　内心は、嫉妬で燃え、いつか貴女《あなた》を憎いとすら思うだろう。そして貴女《あなた》を盲目的に愛する兄と対立する事となる」

「……馬鹿な事を言わないで」

「だが、シャルロット……貴女《あなた》がいなくなれば？」

「？」

「ジルベールは悲しむだろうが、彼は子供達を守るために貴女《あなた》を諦めるだろう。親とはそういうものだ。ハリソンフォードも貴女《あなた》と会わなければいつかは貴女《あなた》の影は消え、その分エリザを愛するはずだ」

「……そんな安い関係ではないの。たとえその通りになったとしても皆の選択はそれぞれの正義を貫くための選択よ。欲望や歪み合いからではない、尊重します」

「ほう、美しい！　だが……ならば尚更、エリザのためにも皆の円満のためにもオーヴェルにいるべきではない。貴女《あなた》は美しいが故に神が与えた災害でもある」

シャルロットにとって、自分自身が災害だと言う言葉はまさに心を抉《えぐ》られる思いであった。否定出来なかったのだ。

確かに、シャルロット欲しさに侵攻してくる者は今まで沢山いた。それは少なからず自分のせいで傷つく者がいると言う事。

国内でも彼女の人気や立場はいつも人々の関心の渦中で、利用しようと企む者など腐るほどいた。

何故それほどまでにシャルロットを欲するのか彼女自身も不思議であったが、それ自体は彼女ではどうする事も出来ない事実であった。

そのたびに、一人ではなく皆が一緒に戦ってくれた。支えてくれたし、守ってくれたのだ。だから皆を頼り、他の事で支え守る事で助け合ってきたが、そもそもその苦労をなくせる、と言われれば揺らがざるを得ない。

考え込んでしまったシャルロットを見てにやりと笑うシークの思想は、セドリックや、色欲に溺れて侵攻してくるそこらの王よりも遥かに危険であった。

シークは極端な選民思想の持ち主で、同じ思想を持つ者達に、シャルロットの事を神に近い存在であるのように崇め讃えさせた。そんな彼らもまた、シークを崇拝し更にシャルロットを崇拝していた。シークの影響か、特にこの国にはシャルロットに憧れる者達が多く、彼女が王妃となる事があれば大多数が歓喜するだろうとシークには分かっていた。

シークは熱狂的に彼女に憧れ、恋焦がれているというだけでなく、政治的な意味でも、人々が崇拝する女神のような存在としての意味でも、シャルロットの存在を必要としていた。女神を『浄化』し娶《めと》ったとすれば己の求心力はさぞ高まるだろうとシークは考えていたのだ。

一方、元より自己犠牲の意識が強く、自らの持つ力を自分のために振るうべきではないと考えるシャルロットはシークの言葉に完全に返す言葉を失っていた。

シャルロットの容姿は生まれついてのものであり、彼女の持つあらゆる能力は大切な人達のために、または自らの立場を全うするために彼女が必死で努力して培《つちか》ってきたものだ。それを狙って理不尽に追い回される身だという事は、決して彼女のせいではないのだが、日頃から気がかりであったところを突かれて、罪悪感で心が重くなった。

オーヴェルの王城に比べて、騒がしいこの神殿の外の声が遠くに聞こえる。それがまるでこの神殿にシャルロットという災害を閉じ込め、世界が遠くなったような錯覚さえを起こさせた。この部屋にはシークの声だけが悪魔の囁きかのように響いている。

（そうね……私はいつも迷惑ばかりかけているわ……）

そんなシャルロットの様子に、シークは満足気に笑って、シャルロットの頬に触れると力なく俯《うつむ》き何かを考え込むシャルロットに囁く。

「愛する者達のために私の手を取りなさい。私なら守ってやれる」

（陥落するのも時間の問題だな、やっと私のものになる……！）

その瞬間、シャルロットに悪魔の誘いをはねのけさせる声が響いた。

「いいや、無理だね。お前なんかの手に負える人じゃないよ」

「誰だッ！」

「……っジル？」

広く神殿のような造りのこの城は柱や装飾品が多く、声が響いてジルベールがどこにいるかは特定出来ない。しかしどこからか聞こえた愛おしい人の声に、正気を立て直したシャルロットが顔を上げて彼の名を確かめるように呼ぶ。

辺りを見渡しながら警戒するシークだったが、柱の陰から悠然と現れたジルベールの姿を見つけるなり鼻で笑った。

「はっ！　王太子が、一人で？」

「ジル、敵兵は多いわ。それに……ザックとリアが危ないの」

「大丈夫だよシャル、ごめんね。貴女《あなた》にそんな顔をさせてしまうなんて」

至極愛おしげにそう言ったジルベールは、とても悲しそうな表情をしたが、次の瞬間にシークに向けたのは、ひどく冷酷な表情だった。

「っ、ジルベールよ、子は宝だ。シャルロットを置いていけば、こちらに向かっているであろう人質は返してやろう。さあ、どうせ連れてきているだろうあの騎士も連れて引き上げるんだ！」

「……小賢《こざか》しいね。どちらにせよ二人の到着を待とうシャル。それとも……暇つぶしをしようか？　まだ、兵がいればの話だけれど」

シャルロットにとって久々に見た、ジルベールのどこまでも冷たい笑顔。

シャルロットは、はっと意識が鮮明になる。やはり音がよく響いて分からないものの、先程まで騒がしかった外が妙に静かに感じた。

それと同時に扉が派手な音を立てて破壊される。入ってきたのは殺気立ち憤《いきどお》りを隠しきれていないノアで、扉の前にいたのだろう近衛兵の髪を片手で掴んで部屋に踏み込み、そのまま床に投げ捨てた。

シャルロットの姿を確認するなり心底安堵したような、泣きそうな表情を一瞬だけ見せたものの、すぐにシークを見るなりあからさまに殺気をぶつけた。

「シャル、すまなかった。エリザは無事だ」

「僕とノア、どっちが多く片付けられたと思う？　シーク」

シークは目の前の出来事に目を疑った。剣の汚れをハンカチで拭《ふ》き取り凍りつきそうな笑顔のジルベールと、剣を振り血を落とす無表情のノアは、二人とも目が据わっていた。初めて、同じ人間を怖いと感じた瞬間であった。

けれども二人の子供達とエリザという人質がいるのだと思い出し恐怖を振り払う。

「ははっ、お前の子供達は、誰が連れてくると思う？」

シークはニヤリと歪んだ笑みを浮かべるが、飛び入ってきた一人の騎士によってその表情は蒼白となった。

「シ、シーク様！　人質の子供達が……ッ！　フォックスを名乗る騎士達に途中で襲撃され、奪還されました！」

「セイラ…⁉　何ッ⁉　あの女は何をしていたんだ⁉」

「あの女と言うのは私の事かしら？　ついでに案内していただいたわ」

そう言って、不敵に笑ったエリザが、シャルロットの実家であるフォックス公爵家の騎士達を引き連れてきたのだった。

「エリザ！　何故ここに⁉」

「……お前まで来たの。危ないと言うのに」

心底驚いた表情のノアと、呆れた様子で額に手をやるジルベール。

「ふっ、私にお礼を言うべきよお兄様。それと……ノア、危険は承知で来たの、大人しく待っていられなくてごめんなさい」

シャルロットは皆の姿を見て子供達の無事を知り、安堵する。しかし、自分こそが人や国を揺るがす災害なのだというシークの言葉がよぎってしまい、心が不安に覆われた。

（本当に皆の優しさを、この手を……取ってもいいの？）

悩んだシャルロットが最初に呼びかけたのがジルベールではなくエリザだったのは、同じくシークが口にした『いつかエリザは貴女《あなた》を憎いと思うだろう』という言葉が少なからず気にかかってしまっていたからだろう。

「エリザ……っ！　私……っ」

「シャル、何を言われたかは大体察してるわ。この者達の戯言《たわごと》は気にしないで。無事で良かった」

「お前！　嫉妬に狂って、シャルロットの子供達を売ったはずでは!?」

「子供達を守るために、側にいたのよ。ついでに道案内をありがとう！」

「なッ!?」

言い返せないシークを横目に、ジルベールが妹を労い、そのまま問いかける。

「エリザ、良くやった。ザックとリアは？」

「フォックス公爵が馬車で見てくれているわ」

「そう」

そんなエリザを見て、ノアは頼りなく眉尻を下げると彼女に近づき、ぎゅっとその胸の中に閉じ込めて言う。

「エリザ……頼むから、危険な事をしないでくれ」

「ノア……本当にごめんなさい。ふふっ」

「なんだ？」

「不謹慎だけど嬉しくて……貴方の想いを信じて良かったと」

ノアとエリザの穏やかな雰囲気に怒りを露《あら》わにしたのはセイラで、「クソ!!」とまるで失敗を八つ当たりするかのようにエリザに斬りかかる。しかし呆気なく、エリザを抱きしめたままのノアに返り討ちにされてしまった。

そんなセイラを見て、少し驚きながらも「そうだったのね」と状況を把握したシャルロットは、寂しそうに瞳を伏せてから、シークに向き直るとはっきりと伝えた。

「たとえ、私が人や国を揺るがす災害のような存在だとしても……貴方の手は取らないわ」

その言葉に、シークが何か返すよりも早く、三人が反応した。

「災害？　誰がそう言ったの？　シャル……勘違いしないで。貴女《あなた》を狙う輩が絶えない事を言っているのなら、僕達は皆似たような悩みを持つのだし、たかがこのくらいの手間、災害でもなんでもないよ」

「ジル……っ」

「そうよ、私だってお兄様だってよく狙われるのだし、最近ではノアだって……気色悪い奴が多すぎるのよ」

「そうだ、お前の優しさにつけこむ奴らが悪い。シャルの存在は災害ではない」

「誰が一番狙われて迷惑かけてるかなんて数えないでね。私はシャルと一緒にいられて幸せなんだから」

そう言って微笑みシャルロットに手を差し出したエリザ。シャルロットがその手を取るよりも早く、シークが動いた。強引にシャルロットを抱え上げ、彼女を人質代わりに逃げていく。シャルロットの両足は拘束されているため、「離しなさい！」と抵抗するものの上手く抜け出せない。

ただ、シークは気づくべきだった。シャルロットを攫われた事にあれほど激昂していたジルベールが、シャルロットを前にして確保もせずに悠長に会話をし、あまつさえシークにシャルロットを連れての逃亡を許した意味を。

シークはひたすら上階へと逃げ、屋上へと辿り着く。そこに広がっていた光景に、彼は絶望した。

「私の……………シーレ国がっ!!」

あまりの衝撃で抱えているシャルロットを手放す。急に放り出されて「きゃっ」と小さく声を上げた彼女を、まるでそうなる事が分かっていたかのようにジルベールが受け止めた。

それに構う余裕すらないほどに追い込まれた表情のシークが見たのは、彼が彼を祀りあげ、築き上げてきたシーレ国のいつもの光景ではなく、大勢のオーヴェルの兵達に包囲されるシーレ城の姿だった。

「シャルがささやかな災害だとすれば、さしずめ僕はお前達のような者にとって、国や身を滅ぼすタチの悪い天災と言ったところか？」

「ジル、ベール……、いつの間にッ……私のシーレ国が……！」

天使のような笑顔でたちの悪い冗談を飛ばすジルベールに、今度はシークが憤怒の表情を浮かべる。しかし残りの三人からしてみれば慣れたもので、シークの対応をジルベールに任せ、好き勝手に話し始めた。

「ジル……お前が天災だったならまだ良かったよ」

「そうね、お兄様は大魔王と言ったところね」

「ふふっ、ジルはとても優しい人よ」

シャルロットはようやくいつもの柔らかな笑みを見せると、ノアを見上げる。それに頷いたノアはシャルロットの拘束具を剣で叩き割り、予《あらかじ》め持ってきていた、シャルロットの剣を手渡した。

「ありがとう、私……また見失うところだった」

そこでようやく、散々シークを言葉の刃で痛めつけて再起不能寸前まで追い込んだジルベールが合流する。彼は甘い声でシャルロットに囁いた。

「シャル、貴女《あなた》を煩《わずら》わせるモノは僕が全部消してあげる。貴女《あなた》の望むものは全部、シャル……貴女《あなた》のものだ」

シークはといえば、うわごとのようではあるが、まだ何事か呟いていた。

「お前達……!!　ふざけた事をッ！　こんな事許されるわけがない……！」

その言葉に、シャルロットは改めてシークに向き直る。

「いいえ。シーク王、私はれっきとした王太子妃です。誘拐の罪は貴方が王族といえど軽くはありません。宣戦布告と見なされるべき事態です」

王太子妃として毅然と告げた後、シャルロットは自分を助けてくれた三人を見る。

「それに……ごめんなさい。やっぱり私……迷惑をかけるとしても、ジルや、エリザ、ノアといたい。ザックとリア、皆と生きていきたいの」

「当たり前だよ。僕は……シャルがいないと生きていけない……」

「ぶっ……！　お兄様ったら、そんな顔が似合わなさすぎるのよ……！」

「エリザ、ジルをからかうな。……皆で、帰るぞ」

「エリザ……まぁいいや。じゃ、帰るよ。ちょうど他の騎士も来たし。――お前達、シーク王を捕らえよ」

こうしてシークは拘束され、シーレ城は制圧された。城内、三階部分を堂々と歩く四人は、窓の外が騒がしいのに気づき覗き込む。そこからはアイザックとアメリアがフォックス公爵と待っているはずの馬車が見えた。

だが、その馬車を、潜んでいた残党と思われる者達が取り囲んでおり、往生際悪くまだ二人を人質に取ろうと考えている様子であった。

「ザック、リア……！」

怒りの表情で窓の外を見るシャルロットは窓枠をぎゅっと握りしめたと思うとそのまま窓枠に足をかけた。ジルベール達の制止も聞かずにドレスを翻《ひるがえ》して窓から飛び下りる姿は、まるでいつかノアから話を聞いた、シャルロットを助けるために飛び下りてきたジルベールのようだとエリザはふと思う。

（ああそっか……ノアとシャルロットは息がぴったりだと思っていたけれど……）

「まるで、お前だな……ジル」

「ああ……昔から剣を持たせた時の行動だけはよく似ていると母上達は言っていたな」

エリザは少なからず感じていた嫉妬を、馬鹿馬鹿しいと感じた。

ノアとシャルロットの息が合うのは、もちろん長年の信頼からでもあるが、ノアが戦場で常に補佐をしているジルベールの動きに、剣を持った時のシャルロットの動きが似ているからだ。

「お兄様に……似ていたのね。それはぴったりと合うわけだわ」

「エリザ、何か奴の戯言《たわごと》でも気にしていたのか？　ノア……エリザを頼むよ」

「ああ。愛する妻をもう危険に晒《さら》さない」

「ノア……っ」

　妹夫婦の仲睦まじさに笑ったジルベールもまた、窓枠に軽やかに足をかけると、剣を振るうシャルロットの元へと飛び下りた。エリザがまるで元々対になっているかのような二人の舞うような動きに魅了されていると、馬車の中から、「ぼく達もやっつける！」と騒ぐアイザックとアメリアの声がした。焦って宥《なだ》めるフォックス公爵の姿を見て、まるでノアこそが双子の父親かのように「アイツら！」と怒るノアの姿が微笑ましくて、エリザは笑みを浮かべる。

「ノアはきっと良い父親になるわね」

　エリザがそう言うとノアは少しだけ目を見開いてから、嬉しそうに笑った。

「ああ、今夜が楽しみだな」

「馬鹿、飛躍しすぎよ！」

「あはは！　まずはきりのいいところで二人を止めないとな」

「え？」

「ああ見えてシャルロットは怒ると怖い。ジルに似ていると言っただろう。ほら、見てみろ」

「!! シャル! だめよ! 正気に戻って!」

明らかにやりすぎている二人を、窓に肘をついてクスクスと笑ってまるで喜劇でも見ているかのように眺めているノア。エリザはそんな夫にため息をついて、早く止めに行こうと急《せ》かした。

(ほらね、まともな人間が一人はいないとだめでしょ)

しかし、エリザ達が止めるまでもなく、どうやら双子を宥《なだ》めて一人だけ馬車の外へ出てきたフォックス公爵に叱られているようだ。三階から見ても分かるほどしゅんとする二人だったが、その手は固く繋がれていた。

「殿下……、聞いておりますか?」

「ああ、聞いているよ……シャル、帰ったら新しい靴を選びに行こう」

そう言ってシャルの頬にキスをしたジルベールはシャルロットの手を握り直して、告げる。

「もう、二度と見失わない」

まっすぐにシャルロットを見つめた瞳が、言い終わると共に同じ誠実さでフォックス公爵に向けられる。彼は気が抜けたように息を吐いて、「分かっていますよ」と言うと馬車から勝手に出てきた子供達を抱き上げて馬車に戻った。

　真っ赤になったシャルロットもまた、照れながらも口を開く。

「ジル様、愛しています」

　そう伝えると彼の胸に飛び込んだ。

　シーレ国の一件は、他国への見せしめともなりしばらくの牽制となるだろうと見込まれた。四人の絆は更に深いものとなり、どこかで感じていた小さな不安は事件を通して消えた。

　ジルベールはより一層、平和のために王太子としての仕事に打ち込んだがもちろんシャルロットを蔑《ないがし》ろにするような事はなく、彼女のお腹には新しい命が芽生えていた。

　そして、エリザとノアの間にも、新たな命がひとつ。

　相変わらず騒がしいオーヴェル国ではあるが、目の前の大切な人達と一緒に、笑顔で過ごせますようにとシャルロットは祈った。

書き下ろし番外編

欲するほど喰われる

「初めましてジュンア王国から参りました、女王のウルレイアです」

美しく艶《つや》やかな黒髪はまっすぐで、きりっとした容姿によく映えると思った。

近年、ジュンア国で見つかった広大な金山からは質の良い黄金が次々と採掘されている。

オーヴェル王国は黄金の貿易の交渉のため、ジュンアから使者を迎え入れる予定だった。

けれど目の前に立っているのは女王本人、ジルベールは対応した臣下に国王への報告を視線だけで命じた。

「女王陛下が直々《じきじき》に来て下さるとは知らずに、ご無礼を……失礼致しました」

「いえ、ジュンアのような小国を王太子夫妻が出迎えて下さるなんて光栄ですわ」

互いの挨拶を終えた後、すかさず謝罪をしたジルベールと共にシャルロットは頭を下げた。

ウルレイアが恐縮した様子でそれを止めたために、二人は顔を上げた。

（お優しい方で良かったわ……）

そう安心したシャルロットはまだ知らなかった……

否、ウルレイア本人ですら予想外だっただろう。

まさかジルベールに恋心を抱いてしまうなんて。

普段ならば黄金の取引など拒否していたウルレイアが、貿易の相手にオーヴェルを選んだのは得るものが大きいという理由だけではなかった。

彼女は元より王太子としてのジルベールのファンで、彼の冷酷さや大胆さ、圧倒的な強さに憧れていた。

そのジルベールを一目見たいという好奇心から、彼女は海を渡り自らやってきたのだ。

そんな様子を後ろから見つめるノア。

シャルロットとノアを微かに口角を上げて見るジルベールの瞳の甘さに、思わずウルレイアの心臓は波打った。

「……っ、ひと月ほどの滞在を予定しています」

邪心を振り払うように淡々と述べるが、ウルレイアは視界の端のジルベールが気になって仕方がない。

「ええ、問題ありません」

「ご不便があれば、あちらの二人に申して下さい」

謁見の間で対面した王と王妃が穏やかに言い、ジルベールとシャルロットもまた頷いた。

どう見ても貼り付けたような笑顔のジルベールだが、その嘘や秘めた残酷さがウルレイアは好きだった。だからこそ隣に並ぶ美しいだけのシャルロットがあまりに脆弱《ぜいじゃく》に見えた。

(なんてか弱そうな子なのかしら、あれが国宝ですって?)

暖かみのあるピンク色の髪に真っ白な肌、同じ色の瞳は宝石のように美しく顔立ちも驚くほど綺麗だが、それだけだ。

「趣味で武術を嗜《たしな》みますの、良かったら場所をお借りしても?」

「ええ、どうぞ」

国王夫妻と会話をしながらも、内心でシャルロットやジルベールの事を考える。

武術の事をあえて今話したのはジルベールへのアピールと、シャルロットへの対抗心からだった——

滞在が進むにつれ、ウルレイアはオーヴェルの人達と親しくなっていった。

シャルロットもウルレイアと仲良くなれたらと考えていた。

けれど、半月ほど一緒にいれば分かってしまう。

ウルレイアはシャルロットを好ましく思っていないのだろうと。


（まただわ……）

子供達が飽きて席から離れ、遊び始める頃。

少しずつ、自然に会話から弾かれていくシャルロットに気づく者はいない。

客人だという事もあり、会話の中心に立つウルレイアは少しずつ、しかし徹底的にシャルロットを無視した。

（けれど、気のせいかもしれないものね）

「シャル、どうかした？」

「顔色が悪いな」

「あ……いいえ、！」

エリザとノアの言葉に顔を上げると、冷ややかなウルレイアの視線。

けれど自分のせいでこの取引を失う事だけはしたくない。

だからこそシャルロットは、二人にすら見抜けないほど完璧に笑ってみせるのだ。

「大丈夫よ、少し日に当たりすぎたかしら」

「シャルロットさんはか弱いのですね」

「シャル……」

「先に戻るわ、ザックとリアも休ませなきゃ」

何か言いたげなノアと、何かを言いかけたエリザを遮るように席を立つと、読み取れない笑顔のウルレイアに対して平静を装って挨拶したが、彼女は返事をするもすぐに次の話題に移っていった。

(お喋りなだけ？　気のせいかしら……)

けれどそんな心配も杞憂ではなくなる。

「エリザ様は庭へと参りましたが……ご一緒では？」

困ったような、心配するような表情をするエリザの侍女を安心させるように微笑んで

「私が間違えた」と言い庭へと向かったシャルロットだったが、ウルレイアの声についつい足を止めた。

「シャルロットさんには断られてしまって……やっぱり嫌われているのかしら？」

「シャルはそんな人ではありませんわ、きっと少し疲れているのでしょう」

(誘われてないわ……何故あんな嘘を？)

その直後、子供達を迎えに行ったノアが戻ったので慌てて気配を消すが、こちらに気づいたノアに緩く首を振って知らぬふりをしてくれと合図する。

「今日は母上は？」

「エリザと一緒じゃないの？」

「あのね、シャルロットさんは疲れてるらしいから、貴方達のお話は私が代わりに聞いてあげるわ」

深く考えなければただの善意だと思えただろう。けれどシャルロットにとっては更に引っかかる言葉となった。

シャルロットの感じている違和感は間違いではなかったのだ。

ウルレイアにとってジルベールの妹であるエリザも、ジルベールに良く似た子供達も、ジルベールと義兄弟の契りを交わした親友のノアも全てが気に入っていた。

エリザの赤子はどうでもよく、邪魔だと思うのはシャルロットの赤子とシャルロット自身だった。

王太子妃となったシャルロットの補佐を買って出てくれたエリザと息抜きにお茶をす

るのが二人の日課になっており、護衛だからと渋りながらもノアが席に着くのもまた日課だ。

子供達が授業を終えるだろう時間に休憩を取る事にしたのは、子供達と今日の出来事や子供達が感じた事などを聞くためで、エリザとそう決めた。

「ふふ、戻ったようね」

「相変わらず気配を感じないわ……」

「ノアが良い師だという証拠よ」

そんなシャルロットの言葉にジーナがティーセットを三つ新しく準備した頃、アイザックとアメリアが駆けてきて、迎えに行ったノアは呆れ顔でついてくる。

「今日はウルレイア陛下も一緒なのね」

シャルロットがそう囁くとエリザは嬉しそうに笑った。

「私達以外にお友達がいる茶会は久々だもの！」

生まれたばかりの赤子達は乳母が室内で見てくれており、子育てと公務に忙しい二人にとって、歳の近い女性は嬉しいお客様だった。

「母上、エリザ〜！」

「お母様!!　エリザ！」

「あっ、二人ともダメよ！　エリザに飛びついちゃ！」

音もなく走る二人が地面を蹴ったのが見えて、その運動神経に感心すると同時に、受け身が間に合わないだろうエリザを危惧《きぐ》する。

「こら、お前達。俺の妻に怪我をさせるな」

「ふ、素晴らしい夫婦愛ですね。ノアさん」

しっかりと双子の首根っこを捕まえたノアに安堵しながらも、隣で微笑むウルレイアにシャルロットは少し心が重たかった。

脆弱《ぜいじゃく》で美しいだけ。それなのにジルベールに並び、持て囃《はや》されるシャルロットを嫌悪しているウルレイアの気持ちが伝わるから。

それ以降もウルレイアは、シャルロットを茶会に誘わなかったり、会話に入れなかったり、食事の時間を変えるなどして彼女を排除していった。

皆には自分がジルベールを尊敬するあまり、シャルロットに嫌われてしまったのだと話しているようだ。

それを信じる者はいなかったが、あえて引き合わせようとする者もいなくなった。

些細《ささい》な嫌がらせが積み重なったのだろう、シャルロットに少し疲労が見え始めた。

「シャル、何かあったなら話してちょうだいね？」

「大丈夫よエリザ、ありがとう」

金山をひとつ譲る、そう言い始めたウルレイアだったが条件が合わず交渉は滞っている。

そのために滞在期間をひと月伸ばした事もあって、シャルロットの見えぬ疲労は溜まる一方だった。

気のせいと取れる行動ばかり。

この程度の嫌がらせで騒ぎ立てては王太子妃など務まらない。

だからこそシャルロットは気丈に振る舞ったが、それを許さぬ者が一人いた。

「やあ、シャル。お茶の時間だったかな？」

「ジル、ええ――」

「ジルベール殿下も一緒にいかがですか!?」

会話に割り込むウルレイアに冷たい笑顔を向けたジルベールは、シャルロットの手を取って立ち上がらせた。

「ザック、リア。お前達ももう戻りなさい」

「お兄様……」

「シャルは借りてもいいね？　見たところ話しているのは女王陛下だけのようだし」

ジルベールを呼んだのはノアだろう。

微笑んでいるはずのジルベールの冷たい声にエリザはハッと気づく。友達が出来た事に舞い上がっていた自分を。

そんな様子のエリザを気にかけたシャルロットは、

「エリザがいれば心強いわ、ここをお願い」

と何の裏もない笑顔を浮かべた。

この場で取り乱してはならないと頷いたエリザはふと、至極つまらなさそうな顔のウルレイアを見て確信する。

シャルロットの疲労は彼女によるものだったのだと。

なるべく二人きりにしないようにしていたものの、表面上は良い人なので確信が持てなかった。

ましてやシャルロットの疲労に気づけなかった自分をひどく悔んだが、シャルロットが願う取引の成立のために自分が出来るのはウルレイアをもてなす事だけだと改めて思った。

「今日はお開きにしましょ」

ジルベールの言葉を気にした様子もなく微笑んだウルレイアにほっとすると同時に、

ジルベールは微妙な空気を気にするシャルロットの肩を抱いて自分の部屋へと戻った。

「シャルは少し痩せたね……何があったの？」

何かあったのか？　ではなく何があったんだ？　と聞いてくれるジルベールに思わず涙が出る。

「勘違いかもしれないし、大した事ではないの」

理由こそ思い浮かばないが、ジルベールは女王が原因だと確信しシャルロットを抱きしめて伝える。

「勘違いでも、何ならただの気分だっていい」

「そうはいかないわ……」

「シャルがシャルでいる限り、貴女《あなた》の望みは全て希望通りにしてみせるよ」

変わらないジルベールの優しい声に、シャルロットの涙は止まらない。

「シャルは優しいから、僕が代わりに貴女《あなた》の刃になってあげる。だからシャルはそんな僕を受け入れる唯一の人でいて、ずっと」

「ありがとうジル。もちろんよ」

「で、何か僕に出来る事は？」

「ふふ、今はまだ大丈夫そうです」

けれど少し疲れていたのだろうシャルロットは、ジルベールの手のリズムに合わせて眠ってしまった。

国王夫妻と女王は三人で交渉を兼ねた食事会を開いていた。

「ご不便はありませんか？」

「妃殿下はとてもおっとりした方ですね、それに比べてエリザ夫人にはとても助けていただいています」

決して悪口は言わないが、エリザと比較してシャルロットの事を曖昧に濁したり、さりげなく貶《おとし》めるような言動をするウルレイアに王妃は違和感と不快感を感じていた。

国王がふとジルベールの話を出すと、どことなく嬉しそうに声を高めたウルレイアに彼は「なるほどね」と呟いた。

「ジルベール殿下はとても有能で素晴らしい方ですね」

「うちの王太子は外側と内側の差が激しいので、注意なさって下さいね」

「ジルベール殿下のそういった一面もまた好きですわ王妃殿下」

「当事者じゃなければね」

爽やかな笑顔で言った国王の言葉に首を傾げるウルレイア。そんなやり取りに王妃はこの交渉が上手くいくのかと心配になった。

適当に条件を渋り、滞在期間を延ばしたウルレイアは宛てがわれた部屋へ戻る前に、交渉の内容の相談を口実にジルベールを訪ねた。

使用人が開けた扉の向こうにいる彼の膝にはシャルロットが眠っていた。

「このままで失礼します」

「このような対応は初めてですが、まぁいいでしょう」

そう言いながらも刺すような視線を一瞬、シャルロットに向ける。

「まさか、唐突に人が訪ねてくるとは思っていなかったもので」

ジュンア国と比較すればオーヴェル国は格上、王太子とはいえオーヴェル国の機嫌を損ねるわけにはいかない。

ましてや想い人が相手、ウルレイアは笑顔を貼り付けた。

「少し話す時間はありますか？」

「申し訳ありません、公務以外では家族との時間を大切にしたいと思っています」

「此度の交渉についての相談なのですが……」

「妻が、とても疲れているようなので」

今すぐ出ていけと言わんばかりの笑顔の、裏の圧力に思わず後ずさる。

「ジル……？」

「シャル、なんでもないよ」

シャルロットの目を片手で覆って、まるで同じ人物かと疑うほど甘い声で囁くジルベールに嫉妬心が沸き立つ。

「誰かお客様が……？」

「貴女《あなた》はもう少し休んでて、シャル」

どこかまだぼうっとした様子のシャルロットの頭を寝かしつけるように撫でるジルベール。返事の代わりに寝息が聞こえ始めるとジルベールは満足そうに口角を上げ、ゾッとするような冷ややかな笑顔を女王に向けた。

「申し訳ありませんが、交渉の相手は僕ではなく父だったはずですが？」

「……確かにそうね。ではまた改めますわ」

「せっかく訪ねて下さったのに、申し訳ありません」

なるべく優雅な仕草で部屋を出た女王だが、拳を握りしめて唇を噛み締《し》める。

女王自らが交渉のために海を渡った理由は、その美貌に絶対的な自信を持ち、それを武器に貿易や友好、同盟などあらゆる交渉を有利に進めてきた事を自負しているからだ。

なのに、この国の王太子ときたら噂にこそ聞いていたものの自分よりも遥かに美しい容姿と政治的な能力。

心底驚いた。そして気に入った。

そしてジルベールに憧れではなく恋をした。

このままここにいられるならば、弟に王位を譲ってもいいとさえ思うほどに。

それにはシャルロットがあまりにも邪魔だった。

◇　◇　◇

「これは、どういう事？」

息抜きのために、子供達とエリザと共に買い物に出たシャルロットと、護衛のノアが帰城予定時間になっても戻らず、戻ったのはエリザについている女騎士とその部下達だけだった。

心配そうな様子を演じるウルレイアだが、たぶん彼女の仕業であろう事は予想出来た。

表面上涙を流しているように見える彼女だが、どこかワクワクしているようにも見える。

次に戻ったのはエリザと負傷したノアの部下で、こういう状態は珍しくない。

「お兄様、子供達が……」

「エリザは休みな、ノアが追ってるね？」

「けどそれじゃシャルが一人に……！　なのに騎士を全員私に……！」

「父上、母上……」

「あぁ、行きなさい。捜索隊は出しておくよ」

　そう言った国王の言葉に青ざめたウルレイアだが、どうしてもシャルロットがこの世からいなくなるところを自分の目で見たかった。

「私も、行きます。私の護衛が役に立つかと……」

「そ、好きにしなよ」

　ジルベールは余裕がないのか、どうでもいいのかウルレイアに短く返事をすると城を出発し、あっという間にシャルロットを捜し出した。

「子供達はどこ？」

　ウルレイアは驚愕した。

　想像していたのとはかけ離れるほど悲惨な現場。

　賊に見せかけた己の部下達を見事に地面に伏せさせ、そんな男達にしゃがみ込んで丁寧に、けれど怒りを含む声で質問するシャルロットの姿は異常だった。

「ふふ、シャルは怒ると怖いんだ」

「こ、こんなの……って」

「美しいだろ？　僕は、美しいものが好きなんだ。シャル、報告があった。二人は無事ノアが保護したよ」

「ジル……、良かった！」

けれど、驚くべき事はそれだけではなかった。

ウルレイアの計画では子供達は自分の部下が見つけたと装う予定だった。なのに城に戻ったノアがぶら下げていたのはその部下達の首だったのだ。

「貴方がこのような事をする人だとは……っ」

「ジルが納得しないものでね。それに……」

「ほとんどはぼく達がやったんだよ～！」

「ノアったら遅かったくせにすぐ怒るのよ？」

平然とした様子の子供達と呆れた様子のノア、シャルロットを抱きしめるエリザに、もういつも通り穏やかなシャルロット。

そして彼らの隣に立つジルベールが笑顔で指した階段の上には、彼と同じ狂気的な笑顔と美しさ。

「国、王陛下……」

「さぁ、ウルレイア女王。交渉をしましょうか」

新＊感＊覚 ファンタジー！

Regina レジーナブックス

Regina レジーナブックス

お飾り皇后の逆転劇!!

最愛の側妃だけを愛する旦那様、あなたの愛は要りません

abang
イラスト：アメノ
定価：1320円（10% 税込）

歴史ある帝国に嫁いだ元新興国の第一王女イザベラは、側妃達の情報操作により、お飾りの皇后の位置に追いやられていた。ある日、自分への冷遇が国を乗っ取ろうとする計画の一端だと知り、国民を守るために抗うことに。母国を頼ることも検討し始めた頃、兄と共に幼馴染である公爵キリアンが加勢にやってきて……

詳しくは公式サイトにてご確認ください
https://regina.alphapolis.co.jp/

新感覚ファンタジー

RB レジーナ文庫

最強皇女の冒険ファンタジー！

レジーナブックス Regina

婚約破棄ですか。別に構いませんよ 1

井藤美樹　イラスト：文月路亜

定価：792円（10%税込）

皇国主催の祝賀会の真っ最中に、突然婚約破棄されたセリア。彼女は実は皇帝陛下の愛娘で皇族一番の魔力を持つ者として魔の森と接する辺境地を護るため、日々過酷な討伐に参加していた。本来なら事情を知るはずの元婚約者に、自分の愛する辺境地を見下され、我慢できなくなった彼女は……⁉

詳しくは公式サイトにてご確認ください

https://regina.alphapolis.co.jp/

本書は、2022年2月当社より単行本として刊行されたものに書き下ろしを加えて文庫化したものです。


この作品に対する皆様のご意見・ご感想をお待ちしております。

おハガキ・お手紙は以下の宛先にお送りください。

【宛先】

〒150-6019 東京都渋谷区恵比寿4-20-3 恵比寿ｶﾞｰﾃﾞﾝﾌﾟﾚｲｽﾀﾜｰ 19F
（株）アルファポリス　書籍感想係

メールフォームでのご意見・ご感想は右のＱＲコードから、
あるいは以下のワードで検索をかけてください。

アルファポリス　書籍の感想　検索

ご感想はこちらから

レジーナ文庫

旦那様《だんなさま》が愛人《あいじん》を連《つ》れていらしたので、円満《えんまん》に離縁《りえん》したいと思《おも》います。

abang《あばん》

2024年11月20日初版発行

文庫編集－斧木悠子・森 順子
編集長－倉持真理
発行者－梶本雄介
発行所－株式会社アルファポリス
〒150-6019 東京都渋谷区恵比寿4-20-3 恵比寿ｶﾞｰﾃﾞﾝﾌﾟﾚｲｽﾀﾜｰ19階
TEL 03-6277-1601（営業）　03-6277-1602（編集）
URL https://www.alphapolis.co.jp/
発売元－株式会社星雲社（共同出版社・流通責任出版社）
〒112-0005 東京都文京区水道1-3-30
TEL 03-3868-3275
装丁・本文イラスト－甘塩コメコ
装丁デザイン－AFTERGLOW
（レーベルフォーマットデザイン－ansyyqdesign）
印刷－中央精版印刷株式会社

価格はカバーに表示されてあります。

落丁乱丁の場合はアルファポリスまでご連絡ください。

送料は小社負担でお取り替えします。


ISBN978-4-434-34824-2 C0193